KB167963

아 이 와 함 께 성 장 하 는 삶

나를 담은
이야기가
콘텐츠가 되다

아이와 함께 성장하는 삶

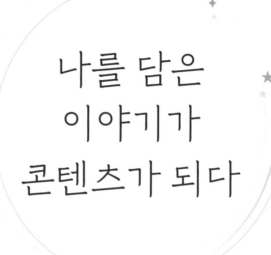

나를 담은 이야기가 콘텐츠가 되다

이주연·김은정·송수영·오소혜·강진희·이인옥 공저

프로방스

서 문

〰〰〰

  아이가 학교라는 공교육기관에 입학하면 어느 시기에 무엇을, 어떻게 해주어야 할까 고민이 많다고들 하십니다. 아이가 알아서 할 수 있도록 그대로 두면서 그저 바라만 보고 있을 수는 없지 않나 싶기도 하시죠? 그런데 그 고민을 잠시 내려놓고 부모 자신부터 돌보시라는 이야기를 드리고 싶어요. 부모님 자신이 어떤 사람인지 알아차리고 안정된 마음을 가지게 되면 자기 결정력이 생깁니다. 아이를 어느 정도로 지켜보고 있을지, 어느 선까지 개입해야 할지에 대한 기준이 생기죠.

  부모가 자신을 알아가는 과정이 중요하니 자신을 어떻게 알아가고 안정된 마음으로 아이를 바라볼 수 있을지에 대해 구체적인 방법을 알고 싶었습니다. 그래서 그 방법으로 내 자신이 변화한 교육 프로그램이 있다고 말씀드리면 무척 궁금해들 하십니다. 그렇게 궁금한 마음으로 오신 엄마, 아빠들이 '나를 사랑하게 되는 부모교육' 프로그램을 함께 하며 마음 수다를 떨었습니다.

매 차시 수업을 진행하고 그 내용을 자신이나 생활에 적용해 보는 과제를 드렸습니다. 수업 시간에 배운 이론, 개념을 실제 생활에 적용해 보아야 변화가 일어날 수 있으니까요. 감사하게도 모두 열정적으로 집중하셔서 실제 변화를 보여주시더군요. 자신의 변화가 자녀와 배우자에게도 울림을 주었다는 사례도 말씀하시고요. 이 소중한 사례들을 흘려보내고 싶지 않았습니다. 수업 중에 작성된 과제 중에서, 소통에 관한 내용을 각자의 스토리텔링과 함께 정리해서 글로 남겨보기로 했습니다.

이 모든 과정이 우리가 배운 과정을 아이 교육에 적용하고 그것을 자신의 콘텐츠로 만들어 가는 과정입니다. 이렇게 평범한 엄마 아빠들이 교육전문가로 성장하고 있습니다.

이 책은 모두 6장으로 구성되어 있습니다. 6인 6색으로 6의 작가가 모였으니까요.

이들은 미술심리치료나 상담센터에서 일하시거나 육아로 일을 쉬고 계시는 엄마들로 구성되어 있습니다. 모두 우리의 모습이기도 하죠.

첫 번째 Part 1은 개념을 안내하는 성격을 띠고 있습니다.

Part 2부터 Part 6까지 자신의 성장과 더불어 '소통의 방법'을 아이에게 적용한 사례로 풀어내었습니다. 공감 듣기와 말하기, 욕구와 감정을 어떻게 표현하느냐, 그 도구들을 활용해서 약속을 정하고 믿음을 키워나가는 과정에 대한 것입니다.

아이가 초등학교에 입학한 후부터는 또 다른 마음으로 아이를 바라보게 됩니다. 초등학교 입학 후인 학령기 자녀들과의 소통 사례를 말씀드리려고 합니다. 초등학교 1학년 자녀부터 고등학교 2학년까지 소통한 사례를 나이 순서로 나누어서 실었습니다.

자녀들과의 소통 사례와 함께 지식의 소비자에서 생산자가 된 6명 엄마들의 이야기도 들어보세요. 교육학 심리학 이론이 지식에만 그치지 않고 일상에 어떻게 적용했는지 디테일한 상황과 대화를 살펴보세요. 내용을 읽어보신 후에, 대화법에 관한 공부를 해야겠다고 생각하실 수도 있고, 나의 일상을 기록해 봐야겠다고 생각하실 수도 있습니다. 어떤 분은 '아, 이런 상황일 때는 이렇게 아이와 대화를 해 봐야겠다.'라고 말씀하실 수도 있어요. 그런데 그중에서 꼭 드리고 싶은 말씀이 있습니다. 우리 아이들에게 적용한 교육 이론이 아이와 나를 성장시킬 수 있습니다. 그리고 바로 그 이야기를 콘텐츠로 만들 수 있습니다. 왜냐하면, 자신의 경험에서 나온 이야기는 울림이 있으니까요. 평범한 부모들이 교육전문가가 된 과정이 여기 있습니다.

인생의 내공과 청년 같은 젊음을 가지고 계시는 프로방스 출판사의 조현수 대표님께 감사드립니다. 계약서 작성 때문에 저의 도곡동 연구실로 오셔서 해 주신 말씀이 가슴에 남아있습니다.

　　"인생은 사랑으로 나누면 자연스럽게 채워집니다."

　　라고 하셨죠.

　　그렇게 사랑으로 나누는 이 과정의 모든 인연, 함께 한 분들의 노력과 열정에 대해 깊이 감사드립니다.

봄 햇살이 반짝이는 양재천이 보이는 연구실에서,

주연 Director 주연

차례

(PART 1) **작가와 부모로 동시에 살 수는 없을까?**

이주연

엄마의 반성문
김은정 (초등 1학년 자녀 대상)

그녀들의 이야기
– 마음과 마음이 이어지는 대화
송수영 (초등 1학년 자녀 대상)

PART 2

PART 3

PART 6

어제, 오늘 그리고 내일의 '나'
이인옥 (고등 2학년 자녀 대상)

Part 1

작가와 부모로
동시에 살 수는 없을까?

이주연

아이가 공교육기관인 초등학교로 첫발을 내딛는 순간이 얼마나 가슴 벅차고 마음이 두근거리는 일인지 모릅니다.

저의 첫째 아이의 초등학교 입학식 날, 왜 그리 가슴이 아리고 먹먹했는지 지금도 기억이 생생합니다. 아이가 제대로 학교생활을 하려나 싶은 걱정과 벌써 저렇게 컸구나 하는 대견한 마음이 들어 살짝 눈물까지 흘렸던 기억이 나네요. 입학식이 끝나고 함께 식사하면서 제가 아들에게 당부한 말이 있습니다.

"재윤아, 건강이 가장 중요하니까 무엇보다도 한 가지만 약속하자. 학교 앞 문방구에서 군것질은 절대 하지 말아야 해. 약속할 수 있지?"

이렇게 당부한 이유는 아이가 또래보다 체중이 많이 나갔기 때문입니다. 식욕조절을 하는 침도 맞아보고 운동을 시켜 보기도 했습니다. 그런데 큰 효과를 보지 못했어요. 걷기 운동이라도 하고 오면 발목이 아프다고 해서 꼼짝을 못 하게 되고 또 그만큼 살이 찌는 일의 반복이었습니다.

아이가 입학하고 석 달 정도 흐른 5월의 따뜻한 봄날 오후, 중학교 교사였던 나는 학교 일정이 일찍 끝나서 기분 좋게 집에서 하교할 아이를 기다리고 있었습니다. 현관문이 열리고 아이가 들어오는데, 아이 입에 음식 먹은 흔적이 있더군요. 그것을 본 순간 아이가 학교 앞에서 군것질하고 왔을 거라는 생각이 순식간에 들었습니다. 곧이어 아이 등짝을 후려치면서 다음과 같이 이야기하고 말았어요.

"너는 엄마가 뭐라고 했어? 학교 앞에서 군것질만은 하지 말라고 했잖아?"

순식간에 울음바다가 되었어요. 그 날 밤, 낮에 있었던 일에 관해 이야기하며 알아보니 담임선생님이 간식을 주셔서 먹었다고 합니다. 그 말을 들으니 제 마음이 얼마나 찢어지게 아프던지요. 교육학 공부를 하고 교육계에 있어도 내 아이에게 이런 큰 실수를 저지르는구나 싶어서 얼굴이 화끈거리고 제가 하는 일에 대해 자괴감까지 들었습니다. 제 아이와 소통도 제대로 하지 못하는데 무슨 교육을 하겠다는 것인지 싶은 생각이 들었어요.

그 이후 공부한 이론이 머릿속의 지식으로만 남아 있지 않도록 실생활에 적용하는 노력을 했습니다. 어떤 때는 아이의 반응이 이론상의 예상대로 나오지 않아서 당황하기도 하고, 이런 상황에서 어떻게 반응을 해야 할지 몰라서 어리둥절하기도 했어요.

그렇게 시간이 흐르는 동안 20년 교직 경력을 끝으로 퇴직을 했고 학교 밖에서 교사와 학부모를 대상으로 부모교육을 한 지 10년이 흘렀습니다. 그동안 8살 초등학교 입학했던 아이도 27살의 대학원생이 되었어요. 고등학교 2학년부터 진로에 대해 적지 않은 방황을 한 끝에 결국 자신의 적성에 맞는 진로를 찾아 서울대 공대 대학원에 입학한 그 날 저녁, 아이는 저에게 이렇게 말했습니다.

"엄마, 엄마는 언제나 저를 있는 그대로 봐 주시고 제 마음을 이해해주셨어요."

이 말 한마디로 초등 1학년 봄날, 등짝 스매싱을 날린 후, 노력해 왔던 많은 것들이 헛되지 않았다는 생각에 울컥했습니다.

그래서 저는 자신의 마음을 표현하고 상대방을 궁금해하면 일어나는 소통의 중요성을 꼭 말씀드리고 싶습니다. 그와 함께 그 삶의 과정과 성장을 기록으로 남겨서 자신만의 콘텐츠로 만드는 비전도 함께 드리고 싶습니다.

Part 1에서는 다음 Part에서 나오는 내용에 대한 개념 정리를 말씀드리고자 합니다. 내용은 소통의 중요성, 소통이 일어나게 하려면 어떻게 할 것인지, 그리고 바른 생활습관, 공부 습관을 잡는 약속 정하기 방법에 대한 개념과 제 이야기를 말씀드리고 있어요. 이것은 Part 2부터 시작하는 5명의 작가님의 사례에서 나오는 개념과 용어를 이해하시는 데에도 도움이 되기 때문입니다.

이제는 엄마 마음도 알아줄 만큼 자란 아이가 오히려 내 마음을 몰라주어서 섭섭하시나요? 학교에 다니기 시작하며 챙겨줄 것이 많은데 아이에게 어디까지 하고 어느 선까지는 지켜봐야 할지 모를 때가 있나요?

아이의 마음에 스며드는 소통이 있습니다. 그리고 아이와 함께 성장하는 우리들의 이야기가 있습니다.

함께 해 보시겠어요?

우리의 이야기가 자연스러운 울림이 되길 바라며,
2022년 희망찬 어느 봄날에, 이주연

자녀교육인데,
나를 사랑하게 된다고요?

　학부모님들에게 아이들이 어떻게 성장하길 바라는지 질문을 드리면 대개 두 가지 경우로 대답들을 하신다. 첫째, 아이들이 사회적으로 성공하고 인정받는 사람이 되는데 도움을 주고 싶다고 한다. 또는 심성이 우선이고 마음 편하게 살아가는 것이 제일이라고 하는 분들도 있다. 둘 중 하나를 꼭 선택해야 한다면 어떤 것을 선택하는지에 대해 재차 질문을 해 보면 다시 고개를 갸우뚱하신다. 어쩌면 대부분 부모님은 아이가 사회적으로 성공도 하면서 몸도 마음도 건강한 사람으로 자라길 바라는 것이 아닐까?

　아이가 사회적으로 성공도 하고 내적 행복감이 높은 사람으로 성장하게 하려고 부모님들이 모든 것을 접고 희생, 봉사, 헌신한다면 그것이 가능할까? 물론 그 노력이 무의미하다고 말할 수는 없다. 그런데 자녀교육이 내가 올인한다고 다 되는 것은 아니라는 것은 누구나 공감하실 것이다.

부모의 불안지수가 낮을수록 아이의 자기주도학습 능력과 회복 탄력성이 높아진다는 연구결과가 지속적으로 발표되고 있다. 어떻게 하면 부모인 내가 불안하지 않고 안정될 수 있을까? 결론부터 말씀드리면 그것은 바로 부모인 나 자신부터 어떤 사람인지 알아야 한다. 자기 인식 지수가 높은 사람이 불안도가 낮다. 자기 인식, 즉 부모인 나 자신이 어떤 사람인지 알아갈수록 자녀에 대해 어떤 감정과 태도로 대할지에 대한 자기 결정력이 생긴다.

나는 교육 관련 일과 공부를 30년 넘게 해 오면서 자녀들에게 좋은 엄마가 되어야겠다고 올인하다시피 한 적이 있었다. 그런데 우선 순위를 살짝 바꾸어 내 마음이 안정되고 행복한 마음을 갖는 것도 중요하다고 생각하고 나의 마음을 표현하기 시작했다. 예를 들어 식사 메뉴를 고를 때도 아이들이 먹고 싶은 것이라고 말하기보다, 내가 먹고 싶은 것도 표현하기 시작했다. 그런 사소한 변화 속에서 아이들이 스스로 공부를 하고 나와도 사이좋은 관계를 유지하게 되는 것이 느껴졌다. 아이들 또한 자신들의 성장 시기의 포인트마다 엄마의 변화를 느꼈다고 한다.

남매 중 큰 아이인 아들이 진로문제로 10년 가까운 시간 동안 방황 아닌 방황을 했다. 그런 아이를 바라보며 안타까운 마음이었지만 그 자리에서 만족하고 살아도 훌륭하다고 생각했다. 그저 아이를 지켜봐 주고 내가 할 수 있는 일이 무엇일까 하는 부분에 집중했다. 그 시간 동안 아이 스스로 애를 쓰는 모습이 보였다. 아이는 결국 자신의 적성에 맞는다며 행복한 얼굴로 서울대 공대 대학원에 진학했다. 그 아이가 대학원 입학식을 마치고 이렇게 말했다.

"엄마는 저를 늘 있는 그대로 봐 주셨어요. 그래서 제가 더 힘이 나고 제 길을 찾을 수 있었어요." 이 말에 얼마나 마음이 울컥

2022년 봄, 둘째 딸아이의 대학졸업식 기념 촬영, 오빠와 여동생이 찰칵

했는지 모른다. 그리고 큰 의미로 다가왔다. 그동안 교사로서, 부모로서, 그리고 교육 관련 일을 하며 나의 삶을 콘텐츠로 만들어 소통해 오는 길에 또 하나의 증거와 결과가 나온 셈이다. 직접 경험하고 지켜본 자녀교육에 대해 온몸으로 느낀 바가 있으니까 말이다.

부모가 안정되면 아이와 건강한 관계를 유지할 수 있을 뿐만 아니라 아이가 스스로 내적 동기가 생겨서 자기주도학습 능력 또한 높아질 확률이 매우 높다는 연구결과들이 실제 경험과 연결되는 것이 느껴졌다.

부모가 안정되면 이제까지 열심히 들어왔던 교육 팁들이 살아움직이게 되는 것을 느낄 것이다. 수많은 교육을 받았는데 막상 각자의 현실에 적용해 보면 뜻대로 되지 않는다. 그것은 각각의 가정에서 일어나는 역동은 또 섬세하게 다르고 아이와 나는 말하지 않아도 느껴지는 사이이기 때문이다.

그래서 자녀교육은 부모인 나 자신을 인식하고 사랑하게 되는 것을 출발선으로 하자고 말씀드리고 있다. 그것이 자신을 알아차리게 되면 안정감을 느끼게 되기 때문이다.

교육 현장에서 경험과 이론으로 나 자신의 자기 인식에 도움이 되었고, 또 5년 동안 한국심리적성협회를 운영해 오면서 수강생분들의 변화로 검증된 프로그램을 함께 나누고 있다. 아이가

10살이면 10살만큼의 교육 경험이 살아난다는 말이 있다. 이제 27살, 25살의 청년으로 자란 아이들을 바라보며, 내 이야기가 그저 자연스러운 울림이 되길 바란다.

아이의 자기주도학습 능력, 그리고 아이와의 소통과 건강한 관계, 두 가지 날개를 달고 싶으신가? 그러기 위해서는 먼저 여러분들 스스로 자신을 알아가는 과정을 시작해 보자고 말씀드린다.

아이를 어른으로 대한다는 것

부모교육코칭전문가 1급 과정이 시작되는 날이다.

3세, 6세 두 남매의 엄마인 수강생 선생님이 수업을 시작하기 10분 전에 급하게 보내온 메시지에는 다음과 같이 적혀있었다.

"소장님, 오늘 아이들이 코로나 때문에 어린이집에 못 갔어요. 수업에 집중하지 못할까 봐 마음이 쓰이네요."

"그렇군요. 일단 해 보죠."

그렇게 시작되어 세 시간 동안 진행된 수업에서 세 분의 수강생과 나는 충분히 교감하고 이론을 정리하며 마쳤다. 그렇게 수업을 마치면 우리는 그 순간의 느낌을 담아 인증 숏으로 남기곤 한다. 표정도 자유, 자세도 마음껏 잡는 바람에 사진을 찍고 나면 박장대소의 웃음소리가 줌(Zoom) 화면을 뚫고 나오는 듯하다. 그날도 수업 후 인증사진을 찍으려고 하니 두 명의 아이가 자연스럽게 화면에 들어오고 엄마를 포옹하면서 자세를 취한다.

줌 화면 너머로 그 어린아이들이 엄마가 듣고 있는 수업에 세 시간 동안 신경을 쓰며 기다리고 있었다는 것이 느껴졌다. 나는 수업을 마치면 수강생들에게 수업하면서 얻은 느낌, 깨달음, 상황 등등을 기록으로 온라인 공간에 남기라고 말한다. 그 이유는 온라인 공간은 언제든 기록으로 남기고 누구나 접속하여 공유할 수 있기 때문이다. 메타버스 시대, 온라인 환경에서 살아가야 하는 우리이다. 만나는 장소, 콘텐츠도 온·오프라인 환경을 활용하면 200% 이상의 시너지 효과가 가능하다.

그래서 대면 수업과 줌(Zoom) 수업을 병행하면서 언제 어디서나 접속할 수 있는 온라인 공간인 한국 심리적성협회 카페와 블로그를 네이버 플랫폼에 만들어 사용 중이다. 그 공간에 여러 이야기를 올려놓으면 수강생뿐만 아니라 누구라도 접속해서 연결될 수 있다.

특히 대면이나 비대면으로 우리가 교육 프로그램을 진행하고 난 후에 느끼는 바를 올려놓은 것은 강의 시간에 느낀 에너지의 연결이며 즉각적인 피드백이 된다. 또한 프로그램을 이끌고 가는 나로서는 수강생들이 어떻게 느끼는지를 구체적으로 파악해야 일대일로 피드백을 해줄 수 있다는 장점도 있다.

그날 수업 이후 우리들의 온라인 공간에 아이들이 갑자기 어린이집에 가지 못해서 수업에 집중하지 못할까 봐 걱정이었던 수강생 선생님이 다음과 같은 글을 올렸다. 온라인 카페에 올리신 글을 그대로 소개해 본다.

-그 외 이야기: 두 아이와 함께한 셋이 함께한 수업-

오늘 아이가 다니는 어린이집에 원아가족중 확진자가 나와 갑자기 임시폐쇄되어 6살, 3살 아이와 함께한 수업이었다. 평소 아이에게 엄마가 하고 싶은 공부가 있어 교육을 하고 있다고 이야기 했었고, 어린이집에서도 회의를 통해 소방관 아저씨나, 보건소 선생님과의 교육을 통해 어떤 식으로 이루어지는지 경험해봤기 때문에 익숙한듯 지켜보았다.

아이의 관점: 네 분의 사진을 보고 누구인지 묻고, 이경진 선생님의 셋째 자녀 신생아를 데리고 교육에 참여하는 모습이 인상 깊었는지 다양한 질문을 하였다. 아기가 아주 작아, 몇살일까? 저 전생님은 이야기를 많이 못하셨어, 아기를 돌봐야 해서 그런거지? 그럼에도 불구하고 열정을 갖고 함께 하시는 모습을 아이와 함께 이야기 나누었다. 엄마인 내가 교육을 듣고 메모하고, 자신의 생각을 이야기 하고 이런 모습을 보고, 자기도 옆에 앉아 무언가 쓰겠다고 했다. 한글을 아직 능숙하게 쓰지 못하는 아이가 같이 교육을 들으며 옆에서 A4 종이 3장에 한글을 열심히 썼다며 자랑을 하였다.

그리고 수업이 마칠 시간이 되자 아무런 말없이 슬쩍 엄마 옆으로 와서 안아준다. 둘째 3살은 3시간 동안 엄마를 안고 싶은걸 얼마나 참았던 걸까. 열심히 참여한 엄마 모습이 좋았던 걸까. 사랑스럽게 안아주고, 다함께 사진을 찍었다.

중요한 첫 수업시간, 엄마의 집중력을 흐트려 놓친 않을까 걱정이 앞섰지만 그래도 6살, 3살 아이 수준에서 보면 생각보다 수업에 큰 방해없이 잘 있어 주었다. 내가 생각하는 가장 중요한 첫 수업시간, 중요하다고 느끼는 순간에 가족이 함께하고 있음에 감사했다. 더 힘이 났고, 응원받는 기분이었다. 그리고 내가 성장하고자 하는 다짐이 더 분명해졌다.

수업 후, 그날의 분위기가 고스란히 느껴지는 사진이다. 세 시간 동안 엄마 주위를 맴돌며 자연스레 엄마와 함께한 6세, 3세 아이, 수업 내내 세 시간 동안 엄마 품에 안겨서 잠들어 있는 백일 된 아기와 함께하는 우리들의 모습이다. 엄마가 공부하면서 그 공부로 아이를 잘 키우고 나만의 콘텐츠를 만들 수 있다는 것을 다시 한번 구체적으로 실감하게 되었다.

부모교육코칭전문가 1급 과정 1차시 수업을 마치고, 아이들이 자연스레 함께 했어요.

이런 과정에서 문구 하나가 생생하게 살아서 우리의 일상에서 증명되는 것을 느낀다. 그 문구는 바로 '아이들을 어른으로 대하라'이다.

우리는 3세, 6세 된 아이들이 상황이나 엄마 마음을 어느 정도까지 이해할 수 있을지에 대한 그 구체적인 접점을 모를 수 있다. 아이의 자율권을 인정하라는 교육을 받지만, 그 이론을 어느 선까지 실제 상황에 꼼꼼하게 적용할지 확신이 서지 않는 경우가 많다. 그런 의미에서 3세 아이가 얼마나 자기 나름의 생각을 하고 있고 상황을 관찰하고 있는지 구체적으로 느낄 수 있는 사례이다.

'아이를 어른처럼 대하라' 부모 역할 훈련(PET) 프로그램을 만든 토머스 고든이 한 말이다.

이 하나의 문장에 많은 의미가 담겨 있다. 아이를 어른처럼 대하면 그 아이의 마음을 단정하지 않고 질문하게 된다. 섣불리 내가 부모니까 이렇게 해주는 것이 최선이라는 생각에서 한 발짝 물러서게 된다.

엄마가 3시간 동안 공부하는 시간 동안 그 주위에서 지켜봐 주고 응원해 준 아이의 마음, 아이가 보는 세상과 엄마의 모습을 우리 모두가 기억했으면 좋겠다.

아이들이 저를
작가님이라고 불러요

부모라는 이름으로 일할 수는 없을까?

우리는 부모이기 이전에 인간이다. 특히 엄마도 인간이다. 엄마들은 학교에 다닐 때까지는 대체로 여자이니까 공부를 하지 않아도 된다거나 여자라서 할 필요 없다는 이야기는 듣지 않고 성장을 했다. 그렇게 20년, 30년에 가까운 삶을 살아오던 여자들이 결혼하고 아이를 낳게 되면 그 모든 가치가 아이 양육으로 바뀌는 경우가 많다. 여자아이에서 여자 어른이 된 엄마들은 이제까지와는 다른 생활 방식으로 들어간다.

카페에서 커피 한 잔을 놓고 과제를 하기도 하고, 넋 놓기도 했던 시간은 어디로 가고 육아로 화장실도 마음대로 갈 수가 없다.

지금은 27세의 공대 대학원생이 된 첫째 아이가 생후 8개월쯤 되던 주말 오후가 생각난다. 그날따라 집 안에는 아무도 없었다. 화장실은 가야 하는데, 한창 기어 다니던 아이는 낮잠 잘 생각을 하지 않는다. 할 수 없이 화장실 문을 열고 아이를 눈에 보이게 위치를 잡았다. 그런데 현관 쪽으로 기어가는 우리 아들, 그것을 보고 가만히 있을 수 없어서 화장실을 뛰쳐나왔던 적이 있다. 아이가 너무나 소중하지만, 생리 현상도 마음대로 해결할 수 없는 현실이 버겁게 느껴지기도 한다.

수강생들이 이런 말을 하기도 한다.

"분명히 아이가 잘 커가는 것에 집중하고 살기로 마음먹었는데, 아이는 잘 크고 있지만 왜 내 마음은 이렇게 답답한지 모르겠어요."

"아이 낳기 전까지는 제가 꽤 괜찮은 사람이고 자기 인식을 꽤 하는 줄 알았어요. 그런데 아이를 양육하다 보면 왜 갑자기 낯선 모습의 내가 튀어나올까요?"

수강생들의 말에는 온전한 '나'라는 존재와 부모라는 역할 사이의 경계선에서 혼란스러움이 느껴지기도 한다.

아들이 생후 1년이 안 되었을 때, 남편은 공부를 계속해야 하는 상황이어서 주말부부로 지내야 했다. 아이와 함께 시댁으로 거주지를 옮겼다. 그 이후로 계속 시부모님과 함께 살게 되었는데, 20년 동안의 교직 생활을 지속할 수 있었던 환경이 자연스럽게 만들어졌다. 적어도 아이 양육 때문에 내 경력을 포기해야 하는 상황은 없었던 셈이다. 그런데 시간이 흘러 아이들이 중학생이 되었을 때, 아이들 때문만은 아니었지만, 그때까지의 삶의 경력을 모두 내려놓는 전환점이 생겼다. 충청도와 서울을 출퇴근한 지 3년이 지나니 건강상의 이유로 도저히 출퇴근할 수가 없었기도 했다. 20년 몸담았던 교직에서 물러났다.

퇴직 후 아이들 교육에 집중하게 된 5년 동안의 시간 동안 아이들을 바라보면서 느낀 점은 앞에서 사례로 든 수강생분들이 하는 이야기가 곧 내 이야기이기도 하다.

공부를 성실히 잘하는 아이들을 보면 대견하기도 하지만 괜스레 답답한 양가감정이 올라왔다. 이어서 생기는 죄책감 같은 혼란스러운 마음이 들었다. 하지만 인생은 칼로 두부 자르듯이 시원하게 결정되는 게 없다. 그러니 당장 지금 할 수 있는 일을 하는 수밖에 없었다. 퇴직하고 답답한 마음에 심리학 공부를 하면서 아이들의 교육에 집중했다. 아이들을 위해 자기주도학습이 잘 될 수 있도록 일정을 정리하는 데 도움이 되는 일을 했다. 아이들 스스로 할 수 있다는 마음의 에너지가 떨어지지 않도록 응원해 주었다. 그리고 도시락이 필요하다고 하면 도시락을 싸서

차 안에서 먹으며 자연스럽게 아이의 일상에 첨벙 뛰어들었다.

드디어 둘째가 대학 입학이 결정되면서 확연히 알아차리게 된
것이 있었다. 공부하는 방법에 관한 내용이다. 학교에서 교사이
자 교육학을 공부해 오던 학생이며 두 아이의 엄마로서 살아온
나의 삶이 차곡차곡 쌓여있다가 둘째의 공부와 일상에 뛰어드
는 상황이 알아차림의 불씨가 되었다. 불씨를 꺼뜨리지 않고 집
중하려고 노력했다.

그 과정이 결과물로 나온 것이 2017년 5월에 「10분 몰입법,
이주연, 이너북스」이다. 엄마라는 이름으로 내 일상을 아이에게
집중한 결과가 콘텐츠로 나온 순간이다. 내가 가지고 있던 교사
의 경험과 교육학을 공부했다는 정체성, 그리고 아이 뒷바라지
라면 뒷바라지인 시간이 어우러져 콘텐츠가 나온 셈이다. 그 이
후로 난 여전히 부모 각자의 정체성과 존재 그리고 자녀 양육의
일상을 콘텐츠로 만들 수 있는 비전을 제시하고 돕고 있다.

수강생 작가 중의 한 분은 엄마가 줌(Zoom)으로 공부하고 공
저하는 것을 보더니 일곱 살인 아이가 엄마를 '작가님'이라고 부
른다고 했다. 그리고 아이 자신도 책을 쓴다며 그림과 글로 연속
되는 이야기를 쓴 내용을 보여주었다.

공저 원고를 쓰는 엄마 따라 자신도 작가가 되겠다고 연속적인 이야기를 쓴 6세 아이의 그림책

부모가 공부를 한다고 아이에게 소홀한 것이 아니다. 아이에게 집중하면서도 그 교육 경험을 콘텐츠로 만들 수 있다. 이때 부모들이 자신을 먼저 성찰하는 시간을 가지는 것이 중요하다. 나를 사랑하게 되면 아이와 가족이 보인다. 그래서 '나를 사랑하게 되는 부모교육'이다.

부모교육은 아이들에게
무엇을 해 주어야 한다는 이야기인가요?

　부모교육인데 나를 사랑하게 된다는 의미는 무엇인지에 대한 질문을 받는다. 지금은 부모가 된 나는 동시에 나의 부모님의 자녀이기도 하다. 그 연속 선상에서 부모라는 이름으로 헌신해야 하는 것과 부모이기 이전에 한 사람으로서의 '나'는 그 어디쯤 있을까 하는 깊은 질문을 가지고 살아왔다.

　부모교육코칭전문가 자격증 과정은 이 질문에 대한 답을 찾아가는 과정에 만든 결과물이다. 내가 공부하고 경험하고 변화한 내용을 토대로 하고 있다. '나를 사랑하게 되는 부모교육' 콘텐츠는 수강생들에게 아이들 양육과 자신들의 커리어를 분리하지 않는 경력의 발판을 만들어드리고자 한다. 그리고 여기에 이 과정을 통해서 만난 사람들의 성장기가 있다.

"사람들과의 관계에 집중하다 보면, 나를 잃어버리는 것 같아요."

"나부터 생각하자니 이기적인 것 같고, 주변을 챙기자니 마음의 힘이 없어져요."

나의 내면을 탐색하는 시선과 주위를 돌아보고 역할에 충실한 관점 중, 그 어딘가가 궁금했다. 그 균형을 어떻게 잡을 것인가에 대해서 문제의식을 느끼고 살아왔다. 자기 내면에 집중해보는 존재에 대한 의문은 타인과의 연결, 공동체 의식과 어디까지 접점을 이루어야 할지에 대한 부분도 연결된다.

나의 내면, 존재로 시선을 돌리면 나라는 사람의 무의식까지 돌아보게 된다. 인간의 무의식에 있는 욕망을 서슴없이 말했던 프로이트, 무의식의 창조적인 에너지를 강조하며 프로이트와 결별한 칼 융, 그리고 무의식에 관한 관심을 초기 기억으로 정리한 아들러, 이 3명의 심리학자는 어쩌면 내면으로의 시선과 외부로 돌리는 관점 사이의 그 무엇인가를 각자의 관점에서 말하고 있다. 그래서 늘, 이 세 명의 심리학자에 대해 궁금했다. 3명 중, 공동체 의식을 강조했던 아들러에 대해서 더욱 궁금했다. 그 분이 살아계셨더라면 찾아가서 물어보고도 싶었다. 당신이 말하는 공동체 의식, 열등감을 우월의식으로 승화시키라는 그 말이 지나치게 관계 지향적으로 해석될 수 있지 않냐고 말이다.

그 궁금함에는 자기 내면에 집중하고 성찰하는 것이 이기적이거나 고립된다거나 공동체에 어긋나는지 대한 것도 포함되어 있었다. 그러던 중, 아들러가 말하는 공동체 의식이 표면적인 관계 지향이나 단순히 열등감을 극복해서 공동체에서 우뚝 서라는 말 이상의 깊은 의미가 있다는 것을 알아차리게 되었다. 아들러가 말하는 공동체 의식이란 자기 내면 깊이를 성찰하고 자신을 사랑하게 되면 그 마음이 다시 공동체로 깊이 연결된다는 것을 온 마음과 경험으로 이해하기 시작했다.

그 다음에는 자기 내면을 성찰하고 사랑하게 되어 다시 공동체로 연결되기 위해서는 무엇이 필요할까에 대한 궁금증이 생겼다. 그리고 이론에 그치지 않고 내가 변하려면, 나아가 우리가 함께 변화하려면 어떤 부분에 집중해야 할까에 대하여도 늘 문제의식을 느끼고 살아왔다.

이때 나에게 찾아온 분이 마셜 로젠버그(Marshall B. Rosenburg, 1934~2015)이다. 비폭력 대화를 이야기했던 마셜 로젠버그는 비폭력은 우리 안에 잠재한 긍정적인 면이 밖으로 나타날 수 있도록 하는 것이라고 했다. 경제적 성공을 중요시하고, 민족 간 다툼으로 피를 흘리는 지금 이 세상에서 살아남으려면 우리가 좀 더 냉혹해져야 한다는 관점에 동의하지 않는다고 한다. 이 세상은 우리가 만들어 놓은 것이어서 우리가 변하면 이 세상도 바꿀 수 있다고 말한다.

그런 관점으로 가정을 돌아보자. 내가 변하면 아이가 보이고 남편이 보인다. 나를 알면 세상이 보인다.

한국심리적성협회에서 운영하는 '나를 사랑하게 되는 부모교육'은 부모교육코칭전문가 자격증 과정의 별칭이다. 부모이기 이전에 한 인간이었던 나를 찾는 과정부터 시작한다. 그 과정 후에는 아이에게로 시선을 돌려서 아이의 발달단계를 이해하고 대화와 소통의 주제를 다룬다. 그리고 체계, 즉 시스템(system)으로서의 가족을 돌아보는 과정으로 이어진다. 가족은 현 가족과 원가족으로 나눈다. 지금 현재 가족의 모습을 보면서 원가족을 탐색해 보면 다시 관점이 나로 돌아온다. 우리 각자의 부모 두 분과 나 사이에 과거 성장 과정에서 어떤 역동이 일어났는지 직면할 필요성이 있다.

나를 사랑하는 성찰의 시간으로 시작하여 가족 체계 이론으로 마무리되는데, 그 안에서 다시 나의 깊은 존재로 돌아오는 '부모교육 프로그램'인데 나는 이것을 '가족이해 교육프로그램'이라고도 하고 싶다.

코칭은 자연스럽게 데려다주는
마차 같은 것

　교육 프로그램, 일대 다수와의 소통인 강의, 일대일 상담 과정에는 공통점이 있다. 코칭기법이다. 각자 내면에서 스스로 알아차리도록 함께 있어 주는 것이다. 코칭기법이 내면화되면 아이에게 이야기할 때, 가족이나 지인과 허물없는 대화를 할 때도 깊이 있는 소통을 할 수 있게 된다.

　한국심리적성협회에서 운영되는 프로그램의 특징은 서로 간의 코칭이 살아 움직이도록 구성되어 있다. 나와 수강생뿐만 아니라 수강생들 간의 만남에서도 서로 배움과 코칭이 일어나도록 보이지 않는 장치를 만들려고 노력하고 있다. 진정한 배움이란 만나서 소통하고 서로 깨우치는 과정도 함께 이루어야 한다고 생각하기 때문이다.

줌(Zoom) 수업이 익숙해진 요즘, 줌으로 수업을 하다 보면 아빠나 엄마가 줌 화면 앞에 앉아있는 것을 궁금해하는 아이들이 많다. 줌 화면 속에 누가 있는지도 궁금하고 아빠나 엄마가 무엇을 하는지도 궁금하다.

수강생인 이재성 선생님(가명)은 누가 봐도 열심히 공부하시는 분이다. 그런데 수업을 하다 보면 갑자기 얼굴이 굳어지는 경우가 있다. 줌 수업 중이어서 수강생분의 마이크는 음 소거가 되어 있어도 표정만 봐도 아이들이 방문을 두드리고 있는 것을 짐작할 수 있다. 한편 같은 수업을 받는 다른 수강생 김수항 선생님(가명)은 아이가 수업을 시작하기 전에 인사하려고 기다린다. 그래서 이름을 불러주고 손을 흔들어 주고 지금 어른들이 공부를 열심히 할 거라고 이야기해 주면 줌 화면에서 쏙 사라지고 우리는 줌 강의에 집중하게 된다.

이재성 선생님 아기들이 아빠에게 느낄 안타까움, 단절감 등이 느껴진다. 그러니 아이들에게 아빠가 일이나 공부를 하는 과정에 관해 이야기를 해주고 이해시킬 필요가 있다고 생각했다. 그런데 그 이야기를 내가 일방적으로 하는 것보다 수강생 선생님들끼리 자연스럽게 알아차리는 과정을 준비했다.

그래서 이재성 선생님과 김수항 선생님을 자연스레 줌에서 만나도록 자리를 마련했다. 그리고 그 이야기가 나오도록 질문하니 서로 하하 호호 이야기를 나누신다.

　부모가 줌 수업 중인데 그 방 안으로 들어오려고 하거나 컴퓨터 가까이 오려고 하는 아이에게 저리 가라고만 이야기하는 경우, 아이가 느낄 단절감을 생각해보라는 김수항 선생님의 말씀에 이재성 선생님은 고개를 끄덕끄덕한다.

　사실 아이가 느낄 단절감을 생각해보시라는 말은 내가 할 수도 있다. 그런데 내가 알려주는 일방적인 방법만 사용하면 수강생분들의 내면 변화가 일어나는 데에는 한계가 있을 수 있다. 그래서 같은 이야기를 수강생들이 다양한 상황의 대화 속에서 서로 배움이 일어나게 하려고 노력하고 있다. 나의 역할은 전체 프로그램을 이끌고 가면서 지식적인 개념과 함께 스스로 알아차릴 수 있는 장(場)을 마련해 주는 것이다. 이 과정에서 통찰 질문을 하기 위해 노력하고 있다.

　이런 모든 과정을 아는 것으로 그치지 않고 실제로 변화하는 과정이 필요하다. 그렇다면 우리를 바꾸기 위해서는 어떻게 해야 할까? 서로를 자극하고 내적인 동기가 일어나도록 하는 것이 중요한데, 그 변화는 우리가 각자의 마음을 소통하는 표현인 매일 쓰는 언어와 대화 방식을 돌아보는 것에서 시작한다.

　나의 내면에 있는 욕구와 감정을 궁금해하고 알아차리는 시선, 그것을 표현하는 것, 그리고 상대방의 욕구와 감정을 궁금해하는 마음을 갖는 것이 실천 방법이다. 나 자신의 감정과 욕구를 알아차리고 표현하고, 그와 같은 원리로 상대방의 감정과 욕구를 들어주는 것은 음과 양이 조화를 이루게 되는 이치와 같다. 단순한 대화의 기술이 아니라 솔직함으로 감정과 욕구를 표현하고 들을 수 있을 때 우리의 대화와 소통은 비로소 완성될 수 있다.

그것이 바로 우리의 내면에 대한 성찰과 동시에 공동체 의식으로 확장할 수 있는 실천적 방법이라고 생각한다. 그래서 함께 공부하고 실생활에 적용하고 변화하기 위해 노력하고 있다. 그 변화가 흘러넘쳐서 이렇게 공저를 쓰고 있다. 공저 작가들의 내면 이야기와 실제 적용 사례로 구성되어 따뜻한 소통의 장이 펼쳐질 것이다.

공저 작가님들의 구체적인 사례에 앞서 지금부터는 사례에 나오는 나 메시지, 감정과 욕구를 표현하는 것과 듣는 것, 그리고 무패 방법에 대한 개념을 안내하려고 한다.

우리가 연결되는 방법

나 메시지

부모 역할 훈련이나 리더십에서의 소통을 이야기했던 토머스 고든(Thomas Gordon, 1918.3.11~2002.8.26)은 미국의 심리학자이다. 그는 효과적인 의사소통과 갈등 해결을 결합한 '고든 모델(Gordon Model)' 또는 '고든 방식(Gordon Method)'을 제시하였다. 그가 이야기한 의사소통 방식에는 우리에게 익숙한 '나 메시지'가 있다.

나 메시지는 나의 관점으로 이야기하라는 것이 요점이다. 어쩌면 자꾸 하게 되는 상대방 탓을 자신에 대한 관점으로 돌리라는 철학적 배경이 보인다. 토머스 고든은 나 메시지에 행동과 감정 그리고 영향, 이 3가지를 담고 있어야 한다고 한다. 나 메시지를 다시 풀어서 이야기하면 상대방에게 이야기할 때는 지금 행동에 대한 설명, 그리고 나의 감정, 마지막으로는 상대방의 행동이 나에게 미치는 실제적이고 구체적인 영향을 표현하라는 것이다.

예를 들어 학교가 끝나면 오는 것으로 알고 있는 상황에서 아이가 전화도 하지 않고 두 시간 늦게 집으로 들어왔다고 해 보자. 나 메시지가 아닌 너 메시지로 이야기하게 되면,

"너 때문에 내가 얼마나 힘들었는지 아니?"

"약속도 지키지 않는 무책임한 아이"라고 아이를 단정 짓고 몰아붙이게 될 수 있다. 그런데 관점을 나로 돌리면 아이와 연락이 되지 않을 때 나는 실제로 어떤 감정이 드는 걸까? 걱정이 되는 걸까? 불안한 걸까? 아니면 내가 다른 일을 하고 싶은데 이 아이 때문에 하지 못하게 되는 것에 대해 언짢은 마음이 드는 것을, 걱정한다는 말로 포장하는 걸까?

나 메시지를 하게 되면 자연스럽게 자기 내면으로 시선을 돌리게 된다.

아이가 학교에서 아무 말 없이 두 시간이나 늦게 왔을 때, 다음과 같이 말할 수 있다.

"바로 집에 돌아오지 않았는데, 전화해서 늦을 거라고 말해주지 않아서 걱정했다. 걱정되어 엄마가 일을 못 했어."라고 말하는 경우를 분석해 보자.

여기에는 3가지의 요소가 있다.

첫째는 지금 행동에 대한 설명이다. 바로 집에 돌아오지 않았는데 전화해서 늦을 거라고 말해주지 않은 행동에 대한 설명이다.

둘째는 자신의 감정이 걱정되었다는 것이다.

셋째는 구체적인 영향을 말하라는 것인데, 여기에서는 걱정이 되어서 엄마가 일을 못 했다는 것이다.

이렇게 지금 행동에 대한 설명, 그리고 나의 감정, 마지막으로는 상대방의 행동이 나에게 미치는 실제적이고 구체적인 영향을 표현하라는 이야기이다.

토머스 고든의 나 메시지는 마셜 로젠버그의 비폭력 대화와 어떤 점이 다를까? 토머스 고든(1918~2002)과 마셜 로젠버그(1934~2015)를 비교해 보자면 마셜 로젠버그(Marshall B. Rosenburg)는 욕구를 강조하고 있다.

비폭력 대화에서 다음과 같은 내용이 나온다.

밤에 가로등 아래에서 무엇인가를 찾는 한 남자의 이야기입니다.

근처를 지나던 경찰관이 그에게 물었다.

"무얼 하십니까?"

취기가 있어 보이는 남자가 말했다.

"제 자동차 열쇠를 찾고 있습니다."

"열쇠를 여기서 떨어뜨렸습니까?"

"아니요. 열쇠는 저쪽 골목길에서 잃어버렸어요."

이상하게 쳐다보는 경찰관의 눈길을 느낀 남자가 덧붙였다.

"하지만 저 골목길보다 여기가 훨씬 밝아요."

우리의 문화적인 조건과 환경은 내가 원하는 것을 찾을 수 없는 곳에 우리 관심의 초점을 두도록 가르친다. 관심의 초점(의식의 빛)을 내가 추구하는 것을 얻을 가능성이 있는 곳에 비추는 훈련 방법으로 나는 NVC[1]를 개발했다. 삶에서 내가 원하는 것은 가슴에서 우러나와 서로 주고받을 때 나와 다른 사람 사이에서 흐르는 연민이 된다. (「비폭력 대화, P27, 마셜 로젠버그 저, 한국 NVC센터」)

바로 욕구에 대해서 초점을 두고 그 욕구를 알아차리고 표현하고 들어보자는 마셜 로젠버그의 관점은 토머스 고든의 나 메시지에 욕구가 첨가되고 있다.

"바로 집에 돌아오지 않았는데(행동), 전화해서 늦을 거라고 말해주지 않아서 걱정했다(감정). 걱정되어 엄마가 일을 못 했어(상황)."

---

1   NVC는 Nonviolent Communication, 비폭력대화의 약자를 말한다. 마셜 B 로젠버그가 이야기한 의사소통 방식이다. 관찰, 감정, 욕구, 부탁의 4단계를 거쳐서 자신의 마음을 표현하고 같은 맥락으로 상대방을 관찰하고 감정, 욕구, 부탁을 궁금해하고 읽어주는 방식의 의사소통을 의미한다.

라는 나 메시지에 욕구를 첨가하고 비폭력 대화로 이야기하면 어떨까?

"바로 집에 돌아오지 않았는데, 전화해서 늦을 거라고 말해주지 않아서(관찰) 걱정했다(감정). 너의 일정을 알고 싶고 내 마음이 불안해지고 싶지 않았어(욕구). 다음부터는 예정보다 늦을 때는 미리 연락했으면 좋겠어(부탁)."

나 메시지와 비폭력 대화의 관계를 수식으로 나타내 보라고 한다면 비폭력 대화가 나 메시지를 포함하고 있다. 비폭력 대화에는 나 메시지를 포함하여 욕구를 더 강조하고 있다. 나아가서 '나'뿐 만 아니라 상대방의 욕구와 감정도 궁금해하는 공감 듣기를 포함하고 있다.

마음과 마음이 연결된다는 것은 서로의 감정과 욕구가 만나는 것으로 표현할 수 있다.

토머스 고든의 부모 역할 훈련 이후 나 메시지에 대한 여러 교육 자료에서 이미 감정과 욕구를 이야기하고 있기도 하다. 여기에서는 우리가 익히 알고 있는 나 메시지의 관점을 살펴보고, 그것이 욕구를 표현하는 비폭력 대화와 어떤 연결 고리가 있는지 함께 정리해 보았다.

우리가 연결되는 방법
첫 번째 단계, 관찰

대화는 주고받는 시스템이다. 마음을 주고받고 그것을 표현하는 것을 대화법이라고 할 수 있다. 나의 마음인 나의 감정과 욕구를 표현하고 그와 같은 마음으로 상대방의 감정과 욕구를 궁금해하는 마음으로 들어보는 것이다.

비폭력 대화에서 마셜 로젠버그는 마음을 표현하는 대화법에 4단계(관찰, 감정, 욕구, 부탁)를 거쳐서 진행해 보라고 권하고 있다. 그 첫 단계가 관찰하는 단계이다.

관찰의 핵심은 평가를 분리하는 것이다. 예를 들어 "너는 너무 바빠."와 "너는 일주일에 3번 이상을 저녁을 먹고 들어오네."라고 말할 때 관찰과 평가가 분리되지 않은 표현이 무엇일까? 무엇이 비난으로 들리는 표현인지 느껴보시길 바란다.

　지금은 27살 청년이 된 첫째 아이가 초등학교에 입학한 지 얼마 안 되었을 때의 어느 따뜻한 봄날 오후의 사건이 내가 관찰과 평가를 분리하지 못해서 일어난 사건이었다. 지금도 마음 한쪽이 먹먹한 미안함으로 기억된다.

　중학교 교사였던 나는 학교 일정이 일찍 끝나서 기분 좋게 집에서 하교할 아이를 기다리고 있었다. 현관문이 열리고 아이가 들어오는데, 아이는 평소 없었던 엄마가 있으니 살짝 놀라는 표정이었다. 그런데 아이 입에 음식 먹은 흔적이 있다. 뒤이어 나는 아이가 학교 앞에서 군것질하고 왔을 것이라는 생각을 하게 되었고 순간적으로 아이 등짝을 후려치면서 다음과 같이 이야기했다.

　"너는 엄마가 그렇게 군것질만은 하지 말라고 했잖아!"

　이렇게 내가 예민하게 행동한 이유는 아이의 체중이 또래 아이들보다 많이 나가서 늘 건강이 걱정되었기 때문이었다. 운동을 시켜야 한다고 해서 걷기 운동이라도 하고 오면 발목이 아프다고 해서 꼼짝을 못 하게 되고 또 그만큼 살이 찌는 일의 반복이었다.

　순식간에 엄마가 학교에서 일찍 와 있어서 즐겁게 시간을 보낼 수 있었던 오후에 아이는 울고 나는 속상해서 함께 울었던 기억이 난다.

현관문을 열고 들어온 아이의 입가에 묻어 있는 음식 먹은 흔적은 학교에서 단체로 간식 먹을 일이 있어서 먹었다고 했다. 그 말을 나중에야 들으니 아이에게 어찌나 미안한지, 아직도 그 생각을 하면 가슴 한쪽이 저려온다. 이 상황에서 내가 아이의 모습을 그저 판단하지 않고 '관찰'만 했다면 어떠했을까? 조용히 관찰하고 궁금한 것은 물어보면 아무것도 아닐 일을 0.1초도 안 되는 순간에 나의 섣부른 판단으로 아이와 울고불고하는 사태로 이어지게 했다.

비폭력 대화에서 다음과 같은 내용이 있다.

"크리슈나무르티는 '평가가 들어가지 않는 관찰은 인간 지성의 최고 형태'라고 말한 적이 있다. 그 글을 처음 읽었을 때 '말도 안 되는 소리'라는 생각이 내 머릿속을 스치고 지나갔다. 그리고서 곧 나 자신이 평가했다는 사실을 깨달았다. 이처럼 우리 대부분은 판단이나 비판, 또는 다른 형태로 분석하지 않으면서 다른 사람이나 그들의 행동을 관찰하기가 쉽지 않다. (「비폭력 대화, P64, 마셜 로젠버그 저, 한국 NVC센터」)."

다음의 문장을 읽고 함께 살펴보면 좋겠다.

"그녀는 디자이너다."는 관찰일까 판단이 들어가는 문장일까? 다소 중립적이긴 하나 구체적이고 객관적인 표현이라고는 할 수 없다. 어떤 분야인지도 불분명하다. 그렇다면 "그녀는 패션디자이너다."라고 한다면 관찰일까? 판단이 들어간 것일까? 패션디자이너라는 표현보다 '사람의 치수를 재고, 옷감을 자르고, 상의와 하의의 길이, 모양 등을 다양하게 만드는 사람'이라고 객관적인 사실로 표현하면 어떨까?

"그는 장성진이다."
"그는 장성진이라고 불리는 사람이다."
"그는 장성진이라는 이름으로 불리는 43세 남자 작가이다."
이 3개의 문장 중에서 어떤 문장이 객관적인 관찰의 완성도가 높을까?

관찰을 잘한다는 것은 철학적인 관점과도 맞닿아 있다. 우리가 어떤 사람일지에 대해 알아보는 활동 중에서 자신이 어떤 사람인지 표현해 보라고 하면 이름, 직업 등으로 자신을 표현한다. 이름이나 직업으로 자신을 표현하는 것이 진정 자신의 존재를 있는 그대로 온전하게 나타내고 있는 것일까?

이렇게 질문과 성찰을 하고 표현하는 과정을 통해 우리는 자기 인식에 이어서 변화, 성장할 수 있다. 이 변화의 도착점은 깊이 있는 '관찰'이라는 출발점과 맞닿아 있다.

그러니 우리가 판단하지 않고 관찰하고자 노력할 때 얼마나 많은 것을 볼 수 있을지는 실제 일상에서 적용해 보면 알 수 있다.

비폭력 대화의 4가지 단계 중 첫 번째 단계인 관찰이 되지 않으면 두 번째인 감정, 세 번째 단계인 욕구 표현 단계로 넘어가기 어렵다. 그 감정과 연관된 내 마음속 욕구를 알아차리고 또 그것을 표현하며 대화로 연결되면 마음의 연결이 될 수 있는데 말이다.

마치 현관문을 열고 들어오는 아들을 '관찰'하지 않고 판단하고 속단하여 등짝 스매싱을 날린다면 그 다음 감정이나 원하는 바를 말할 수도, 들을 수도 없게 되는 것처럼 말이다. 열 마디의 말보다 어떠한 평가도 들어가지 않는 사랑 어린 관찰이 출발점이다.

우리가 연결되는 방법

공감 듣기

상대방의 마음을 헤아리고 그 마음을 어떻게 표현하느냐에 대한 100마디의 말보다 그 의미를 잘 전달해 주는 그림책이 있다.

『가만히 들어주었어』(2019, 북뱅크)이다. 자신이 쌓아놓은 블록이 무너져서 울고 있는 주인공에게 친구들이 찾아온다. 각각 자신들이 해 줄 수 있는 말을 하고 떠나는 친구들. 그중, 토끼는 다가올 때도 조심조심 조금씩 다가온다. 그리고 말없이 옆에 앉아

있어 준다. 그 후 주인공의 이야기를 남김없이 들어준다. 그러는 내내 토끼는 테일러 곁을 떠나지 않고 함께한다. 어떠한 조언도 충고도 하지 않는다. 그리고 마침내 주인공이 무너진 블록을 다시 만들어 보려고 하는 자신의 마음을 표현했을 때도 토끼는 고개를 끄덕여 줄 뿐이다.

공감 듣기는 자신의 관찰, 느낌, 욕구 그리고 부탁을 표현했듯이 이번에는 상대방의 4가지 관찰, 느낌, 욕구 그리고 부탁을 귀 기울여 들어보는 것이다. 특히 상대방의 감정과 원하는 바가 무엇인지 궁금해하며 들어주는 것이다.

공감 듣기에 대해 교육하다 보면 다음과 같은 질문을 하는 경우가 있다.

"공감 듣기를 '잘 들어주는 것'이라고 이해했어요. 그래서 잘 듣고만 있었더니 왜 안 듣고 있느냐고 하더라고요. 어떻게 하면 잘 들어줄 수 있는 것일까요?"

'듣기'의 의미에 대해서 스캇 펙은 『아직도 가야 할 길, 스캇 펙, 율리시즈』에서 사랑할 때 가장 먼저 노력해야 할 일은 상대방에게 관심을 가지는 것이라고 하고 있다. 관심을 행동으로 나타내는 것이 곧 사랑이라고 한다. 관심을 행동으로 어떻게 표현해야 할까? 관심을 행동으로 나타낼 수 있는 가장 평범하고 중요한 방법은 '말을 들어주는 것'이라고 하고 있다.

지금은 25세 숙녀가 된 둘째인 딸이 한창 사춘기일 때, 많이 하던 말이 있다.

"엄마 나 살이 너무 많이 쪘지?"

사실 이 말은 나이를 불문하고 많은 여자가 하는 말이기도 하다.

"어휴, 네가 살이 뭐가 쪘다고 그러니?, 너무 예뻐. 지나가는 사람들을 좀 봐. 네가 얼마나 날씬한가!"

이와 같은 답변을 애가 타도록 이야기한 적이 있다. 내가 이렇게 말하면 아이는 오히려 화를 내고 토라지기까지 했다. 엄마가 진심으로 이야기하는데 왜 저렇게 못 알아듣나 싶어서 야속하기도 했다. 동시에 아이는 아이대로 토라진다. 그것으로 모녀의 대화는 끝이 나곤 했다.

그런데 이때, 이렇게 말하면 어땠을까?

"지윤아, 네가 지금 살이 쪘다고 생각하니까 우울하니? 오늘, 네 모습이 마음에 안 들어?"

내가 이런 식으로 대답하기 시작하면서 모녀간의 대화가 더 깊이 있고 즐겁게 이어졌다.

또 다른 모녀가 있다. 나와 나의 친정엄마의 이야기다.

지금은 친정어머니가 돌아가신 지 3개월 남짓 지났다. 엄마가 1년 6개월 정도 암 투병으로 아프실 때, 이렇게 말씀하시곤 했다.

"이제 나를 더는 붙잡지 마라."

예전 같으면 나는 이렇게 말했을 것이다.

"엄마, 우리가 잘할게. 걱정하지 마세요."

"엄마, 병원에서 하라는 대로 치료 잘 받으면 되지, 왜 그렇게 약한 말씀을 하세요?"

그러나 나는 이렇게 말씀드렸다.

"에구, 우리 엄마가 많이 아프구나."

공감 듣기는 상대방의 마음을 궁금해하고 그 마음을 읽어주려고 노력하는 것이다. 그 가운데, 내 관점에서 관찰하고 나의 감정과 욕구를 표현하는 것이 말하기라면, 공감 듣기는 들어주는 과정이기 때문에 그 과정을 그대로 상대방에게 적용하는 원리이다. 상대방을 관찰하고 상대방의 감정과 욕구를 궁금해한다. 그리고 판단하지 말고 상대방에 대해서 관찰한 사항과 내가 추측한 상대의 감정과 욕구를 물어봐 주는 것이다.

그 사람이 마음이 어떤지, 무엇을 원하는 건지 궁금해하는 마음으로 있어 주면 절반은 성공인 셈이다. 진정한 공감은 그 자리에 머물러 있어 주는 것, 존재 자체로 들어주는 것, 그 사람의 마음에 함께 있어 주는 것이다.

연결 후, (습관 잡기는)
무패 방법(으로 실천해 볼까?)

한창 습관을 잡아주어야 하는 아이들을 어떻게 대해야 하는지 많은 부모님들이 궁금해하신다.

아이가 잠자는 시간을 제대로 지키지 않아서 아침에 일어나지 못할 때, 밥 먹을 때마다 식탁에 올라가려고 하거나 돌아다니며 먹으려고 할 때, 유튜브나 게임을 하려고 할 때 어떻게 해야 할지 질문을 많이 한다.

또한 아이의 진로에 대해서도 궁금해하는 부모들이 많다. 결국, 진로도 공부 습관과 연결된다. 그 이면에는 아이의 공부 습관을 잡아서 공부해 보면서 어떤 공부의 결이 자신에게 맞는지를 알아가는 과정이라는 것을 함께 짚어야 한다. 공부에도 습관이 필요하다. 17학번인 둘째 아이가 입학하던 해 출간되었던 『10분 몰입 공부법』(이주연 저, 이너북스)도 공부 비법이 다름 아니라 공부 습관을 어떻게 잡는지에 대한 내용이다.

따라서 생활 습관, 취침 습관, 식사 습관 등 생활 속에는 크고 작은 습관을 어떻게 자리 잡아 가면서 성장하느냐가 중요하다. 만약 아이가 잠을 자지 않으려고 하고 아침에는 늦잠을 자서 어린이집이나 학교를 보내는 것이 어려운 상황이라면 아이를 억지로 재우려고 하거나 어르고 달래도 효과가 크게 나타나지 않는다. 이때 서로 대화로 약속 정하기를 하면 어떨까? 대화할 때는 상황을 관찰하고 서로의 감정과 욕구를 표현하고 어떻게 했으면 좋겠다는 요구를 한다. 그 방법으로 단계를 밟아보자는 것이 토머스 고든의 무패 방법이다.

무패 방법을 다시 정의하면 아무도 지는 사람이 없도록 공감 대화를 통해 약속을 정하는 방법이라고 할 수 있다. 부모와 아이 사이에 '서로 아무도 지지 않는 약속 정하기 대화법'이다. 그 적용은 부부 사이일 수도 있고, 친구 사이일 수도 있다. 또한, 직장에서 적용할 수도 있다. 직장 내에서는 PDCA라는 업무 사이클을 사용하기도 한다. 계획을 세우고(Plan), 행동하고(Do), 평가하고(Check), 개선한다(Act)는 일련의 업무 사이클이다. PDCA 사이클도 약속 정하고 피드백하기와 같은 무패 방법과 일맥상통한다.

무패 방법을 사례와 함께 단계별로 안내하고자 한다.

무패 방법은 6가지 단계로 이루어져 있다.

　1단계 : 갈등을 확인하고 정의한다.

　2단계 : 가능한 여러 해결책을 생각해 낸다.

　3단계 : 각 해결책을 평가한다.

　4단계 : 가장 좋고 만족스러운 해결책을 결정한다.

　5단계 : 결정된 것을 실천할 구체적 방법을 마련한다.

　6단계 : 이후 결과가 어떠했는지를 확인한다.

　1단계는 갈등을 확인하고 정의하는 단계이다. 함께 이야기하는 환경을 조성한다. 이렇게 갈등을 인지하고 서로의 감정과 욕구를 확인해 본 후, 이야기할 공간과 시간을 정한다.

　보통 집에 있는 가족이기 때문에 아이들은 말을 들으려고 하지 않을 수 있고 서로 바쁘다 보니 그래도 듣기라도 하겠지 하는 마음으로 혼자 이야기하는 경우가 많다. 그렇게 되면 자기 방으로 훌쩍 들어가고 상대방의 이야기는 공허한 메아리가 되기 쉽다. 시작조차도 되지 않는다. 그래서 이야기하고 싶은 사항을 뚜렷하고 간결하게 이야기하면서 가능한 시간과 장소도 의논한다.

　2단계는 가능한 해결책을 생각해 낸다.

　이제 시간과 공간을 정했다. 토요일 오전에 여유 있는 시간으로 정해도 좋다. 아침 식사를 하고 이야기를 나눌 수 있다. 또는 집 밖으로 나가서 서로가 좋아하는 음식을 정해서 먹으면서 이야기해도 좋다. 이 경우 모두 1단계에서 시간과 약속을 서로 합의로 정한 과정이 필요하다.

이제 본격적으로 이야기를 시작할 단계이다. 이때는 다양한 해결책을 서로 이야기한다. 가능한 만큼 꺼내 놓는다. 이 때, 공감 듣기로 잘 듣는 것이 필요하다. 2단계에서는 해결책을 정리하거나 조율하지 않고 자유롭게 각자의 의견을 내놓는 단계이다. 3단계로 가면 그 해결책에 대해 논의하는 단계가 있다.

3단계는 각 해결책을 평가한다.

2단계에서는 해결책의 좋고 나쁨을 판단하지 않고 모두 꺼내 놓는다는 느낌으로 진행한 후 3단계에서는 해결책을 정리한다는 느낌이 필요하다.

"우리가 만족할 만한 해결 방법이 무엇일지 같이 찾아볼까?"

"아까 나온 이 해결 방법을 실천하려면 어떤 점이 어려울 수 있을까?"

"이 방법은 나에게 불공평하다고 느껴져요."

"이렇게 하면 엄마가 힘들어질 수 있어."

이런 대화로 이어나갈 수 있다. 이때 자녀의 의견이나 마음이 중요한 만큼 부모님의 의견, 감정, 욕구를 솔직히 표현하는 것이 필요하다.

4단계는 최선의 해결책을 결정한다.

앞으로 실천할 해결책을 정해본다. 그 해결책이 한 번 정하면 절대 바꿀 수 없는 것이 아니라 1주일 또는 2주일 정도 단위, 시간적 단위는 상황에 따라 변할 수 있다. 다시 평가하는 단계가 있다는 것을 염두에 둔다.

5단계는 결정된 것을 실천할 구체적 방법을 마련한다.

결정된 사항을 최대한 구체적으로 정할수록 실천의 의지가 높아진다.

6단계는 결과가 어떠했는지를 확인한다.

실제로 해 보니 어려운 점은 없었는지 구체적으로 이야기하고 수정할 수 있는 사항은 다시 합의하여 정한다.

무패 방법이라는 단어에서 짐작되듯이 누가 이기고 지는 관계가 아니다. 서로의 마음과 원하는 바를 표현하고 들어주면서 조절하고 약속을 정한다. 한 번 정한 약속을 계속 고집하는 것이 아니라 1주일 또는 2주일 정도의 시간을 실행해 본 후 다시 평가의 단계로 들어간다.

어리게만 보이는 3살짜리 아이도 장난감을 아무 곳이나 두는 생활습관을 바로잡기 위해 무패 방법을 적용해 보면 자신만의 의견을 의젓하게 표현하는 것을 볼 수 있다. 그리고 자신의 의견이 반영되어 정해진 규칙은 스스로 자기 절제가 가능하게 만들 수 있다.

아이와 성장하는 삶을
나만의 콘텐츠로 만들기

'나를 사랑하게 되는 부모교육'에서 만난 우리는 이미 그렇게 자기만의 콘텐츠를 만들어 가고 있다. 그러니 지금 이렇게 공저를 쓰는 중이다.

워라밸의 시대, 저출산 고령화 사회에서 이제 더는 출산과 양육이 누구의 시간을 온전히 빼앗는 분리의 개념이 아니다. 이렇듯 공과 사, 그리고 일과 삶은 분리할 수 없을 뿐만 아니라, 분리하는 것이 반드시 옳다고 볼 수도 없다. 하지만 일과 삶의 균형을 이야기하는 '워라밸'은 기본적으로 공과 사, 그리고 일과 삶이 분리돼 있다는 전제에서 출발한다. 밸런스, 즉 균형을 맞추기 위해서는 균형을 맞춰야 하는 두 개 이상의 대상이 있어야 한다. 과거엔 일(공)을 위해서 개인의 삶(사)을 포기하는 것이 당연하게 여겨졌다. 하지만 지금은 개인의 삶을 포기하고 일에 헌신하는 직원들을 회사가 책임지지 않듯, 회사가 요구하는 일을 위해 개인의 삶을 포기하는 직원도 찾아보기 어렵다.

누가 현실의 내 생활에 접목하고 실천하느냐의 문제다. 그런 의미에서 우리 공저 작가들은 이미 공과 사, 일과 삶, 부모라는 역할과 나의 존재를 분리하지 않고 통합해 나가고 있다.

여러분들은 이 글에서 이론과 실제 생활을 접목하는 성장기 현장에 함께 하실 것이다. 구체적인 사례로 감정과 그들이 바라는바, 그리고 어떤 마음으로 상대방의 이야기를 듣는지와 약속을 정하고 지키는 과정에서 성숙해지는 이야기가 있다. 일상에서 어떻게 적용하는지에 대한 사례를 볼 수 있다.

그 과정을 기록으로 정리하여 자신에게 의미를 선명하게 하고 있다. 그리고 그 의미를 이렇게 저서로 출간하여 여러분들과 함께하고 있다.

한국심리적성협회에서 운영되는 자격 과정에서는 매시간 과제를 드린다. 그 과제는 수업 시간에 배운 이론을 각자 본인의 일상에 적용해 보시고 일정 양식에 맞추어 제출하는 방식이다. 본 교재의 빈칸을 채우는 방식이기도 하고 그때그때 제시되는 양식이 있기도 하다. 또는 공동의 온라인 공간이 네이버 플랫폼의 '한국심리적성협회'의 카페와 블로그도 있다. 이 모든 것들이 이론을 일상에 적용해 기록으로 남기는 과정이다.

일상을 기록으로 남기는 방법에는 어떤 것들이 있을까?

순간순간 느끼는 것을 기록하는 도구로서, 수첩, 핸드폰 녹음 기능, 핸드폰의 메모 쓰기 기능이 있다. 당장 느껴지는 이미지와 말들을 간단하게 쓰기 위해서이다. 그리고는 밤이 되면 조용한 장소에서 낮에 썼던 내용을 좀 더 세밀하게 다듬는다.

이러한 습관은 단지 어떤 사실들을 기억하기 위해 유용한 방법이다. 한 걸음 더 나아가 나의 삶을 나의 콘텐츠로 만들어 오고 있는 과정에서 느낀 점이 있다. 메모의 습관은 순간순간의 느낌과 관찰한 사실을 감각을 좀 더 예민하게 만들어 주고 주변의 일에 대해 더 관심을 가지게 만든다. 순간순간 내 주변을 스쳐 지나가는 느낌과 메시지에 생각의 주파수를 맞추는 데 도움이 된다. 그리고 기록을 하면서 좀 더 많은 것을 관찰하고 주변의 것에 더욱 관심을 기울일 수 있다. 이러한 것들은 내면에 잠재되어

공부하는 옆에는 아이들이 자연스레 있다. 공저 회의를 마친 후

있던 생각과 아이디어를 자극할 수 있다. 그렇게 자극된 것들이 한 바퀴 순환이 되어 다시 일상을 기록하고 관찰하게 만든다.

우리는 수업을 마치면서 인증 숏으로도 그 순간의 느낌을 기록으로 남기기도 한다. 이 기록은 우리의 내면을 자극하고 동시에 함께 하는 분들과 시너지를 내기도 한다.

나의 일상이 배움과 알아차림의 장(場)이고 글감이다. 일상, 배움, 적용, 알아차림, 기록을 순환해 보자. 그 사이클을 순환해 보면 나의 일상이 녹여 난 글을 쓸 수 있다. 그리고 그 글감으로 전문가로 활동하는 자신을 발견할 수 있을 것이다.

동화책 『아기코끼리 덤보』에서 코끼리 덤보는 유독 귀가 컸다. 서커스 가족들은 모두 이런 덤보를 놀렸다. 그러는 동안 덤보는 생쥐와 친구가 되었고 생쥐는 그에게 마술 깃털을 주었다. 어느 날 덤보는 이 마술 깃털로 하늘을 날 수 있게 되었다. 하늘을 나는 덤보를 보고 군중들은 환호했다. 그를 조롱하던 이들도 환호하며 손뼉을 쳤다. 덤보는 자신감에 넘쳤고 한없이 자유로웠다. 그런데 그만 코에서 마술 깃털을 떨어뜨렸다. 덤보는 땅으로 곧장 곤두박질쳤고 금방이라도 땅에 부딪힐 것처럼 보였다. 그때 덤보의 등에서 생쥐가 외쳤다.

"덤보! 네가 날 수 있었던 것은 깃털 때문이 아니야. 바로 네가 한 일이야, 너는 방법을 알고 있잖아."

이 말을 들은 덤보는 용기를 내서 두 귀를 한껏 펄럭거렸다. 그리고 결국 자유롭게 계속 하늘로 날아오를 수 있었다. 자신만의 힘으로 말이다.

나는 수강생 선생님들에게 생쥐 역할을 하고 싶다. 마법의 깃털이라고 생각하는 것으로라도 힘을 드리고 싶고 그래서 결국 자신의 커다란 두 귀로 펄럭여서 하늘을 날아오를 수 있다는 것을 알아차리게 해 드리고 싶다.

우리는 삶의 긴 맥락 속 같은 연장선 위에 있다. 저마다의 속도가 다르지만 누가 먼저고 나중이랄 것 없이 살고 있다. 그 연장선 속에서 타인의 이야기가 곧 나를 볼 수 있는 거울이 될 수 있다. 가슴 따뜻한 사랑이 담긴 거울을 여러분들에게 선물로 드린다.

Part 2

엄마의 반성문

김은정

"엄마, 내 꿈은 엄마야."

"엄마는 꿈이 될 수 없어. 경력 한 줄 되지 않아."

어느 날, 아이는 나 같은 엄마가 되고 싶다고 했다. 그 말에 가슴이 뭉클하면서도 나는 아이의 머리를 쓰다듬으며 그보다 더 큰 꿈을 찾으라고 대답했다.

자신도 가져 본 적 없는 큰 꿈을 가지라 하는 엄마, 학교로 학원으로 아이의 시간표대로 하루를 보내는 엄마, 자신의 가방 대신 아이 가방을 메고 있는 엄마. 그리고 오늘도 그 아이 가방과 함께 놀이터 벤츠에 앉아 아이의 동선에 따라 시선이 움직이는 나를 부르는 이름은 '준희 엄마'다.

아이의 엄마라는 새 이름표가 생기기 이전의 나는 '은정'으로 불리었다. 은정으로 불리던 나는 전공과목 이외에도 배우고 싶은 것이 많았고, 친구와 밤새 술을 마시며 책과 영화 그리고 인생에 대해 논하기를 좋아했다. 때로는 향이 깊은 커피 한 잔이 마시고 싶다는 이유 하나만을 갖고 강릉으로 혼자 훌쩍 떠나던 호기심 많고 자유로운 사람이었다.

그런 내가 한 아이의 엄마라는 호칭에 익숙해져 가며 '예전의 나', '나다운 나'를 잊고, '엄마라는 이름의 나' 사이에서 방황했다. 더 정확히는 자신이 방황하고 있다는 사실조차 인식하지 못했다.

아이와 꿈에 관해 이야기를 나눴던 그 날 밤, 나는 아이의 질문 "엄마는 꿈이 뭐야?"에 관한 답을 고민했다. 현실적으로 다시 돌아갈 수 있는 직업과 새롭게 시작할 수 있는 직업을 검색했다. 그리고 꿈을 찾는 길에 물어볼 법한 질문, 내가 좋아하는 일과 잘하는 일에 관해 답을 찾으려 했다. 그러나 몇 분이 흘러도 펜만 빙글빙글 돌리고 있을 뿐, 커피, 여행 두 단어만 적힌 백지상태와 가까운 종이를 바라보며 자신이 무엇을 좋아하는지 정확히 모르는 나를 발견했다.

그날 이후 '나는 누구인가?'에 대해 고민했다. 마치 사춘기 소녀처럼, 방황하는 중2처럼 고민했다. 방황을 다른 말로 바꿔 부른다면, 나에 대해 알아가는 시간이라고도 표현할 수 있지 않을까? 그렇게 '나 자신을 알자'라고 명명한 그 순간, 한 아이의 엄마라는 시간이 나, 김은정의 시간으로 바뀌었다.

아이를 위해 아이만을 생각하던 엄마 김은정은 자신을 위해 자신만을 생각하는 시간을 만들었다. 그리고 그 여정에서 우연히 권세연 작가가 운영하는 「랜선 새벽도서관」을 만나 미라클 모닝을 다시 시작했다. 조금 앞당겨진 기상 시간은 나를 여유롭게 만들었고, 그 여유로움은 함께 새벽 공기를 마시는 모닝글로리(랜선 새벽도서관 멤버 애칭)의 추천 도서를 읽게 했다. 그렇게 우연히 접한 책 한 권을 기점으로 내 안의 깊이 숨겨져 있는 나를 만나는 「모닝 페이지」도 만났다. 그리고 또 다른 우연, 「부모교육코칭전문가」 과정까지 만나, 나에게 우연히 찾아온 우연들을 인연으로 만드는 책을 공동작업했다.

나의 글은 「부모교육코칭전문가」 과정을 통해 엄마인 내 삶을 새롭게 바라보고, 직면한 나를 관찰하며 나의 민낯을 반성하는 성찰의 한 부분이다. 그래서 소제목을 「엄마의 반성문」이라 붙였다.

이른 아침에 작성한 수많은 기록 중 학원 가기 싫은 아이와의 에피소드를 하나 꺼내, 감정과 욕구가 깃든 대화로 풀어낸 내용이다. 감정이라고 착각하고 있던 생각과 구별하고, 아이의 감정, 남편의 감정을 덜어낸 온전한 '나'의 감정을 느끼며, 감정 안의 또 다른 감정을 알아차렸다. 알아차린 구체적인 나의 감정에 '너로 인해', '너 때문에'와 같은 타인을 탓하는 책임회피의 표현을 걷어내고, 내 감정에 대한 책임을 받아들였다. 내 감정의 책임을 인정하니, 느낌의 근원인 욕구가 보였다. 그리하여 내가 원하던, 내가 바라던 욕구를 인식했다. 그렇게 나의 감정과 욕구에 솔직해지며, 나는 나를 알아가고, 이해하는 과정을 거쳤다.

다시 처음 질문으로 돌아가 답을 하고자 한다. 나는 현재 내 삶에 대한 감정을 알아차리고, 알아차린 감정의 욕구를 인식하며, 잊고 있었던 나의 꿈을 발견했다. 나를 바라보며 엄마를 꿈꾸는 아이처럼, 어린 시절의 나도 강인하고 따뜻한 나의 엄마, '박용분'을 닮은 엄마가 되고 싶었다. 지금 살아가고 있는 나의 삶, 그 자체가 내가 꿈꾸던 삶이었고, 나는 꿈을 이루는 중이라고 생각하니, 불안과 걱정으로 가득했던 내 삶에 대한 관점이 바뀌었다. 사회에서는 경력 한 줄 되지 않은 엄마라는 이름이 사실 내 인생에서는 가장 큰 배움이라는 사실을 깨닫고 지금 있는 그대로, 엄마인 오늘의 나 자신을 사랑하게 되었다.

오늘도 아이를 키우며 살아가는 평범한 일상 속에서 배우고 성장하며 '나다운 엄마'로 꿈을 다듬어 가고 있는 지금 이 순간을 함께 나눈다.

'나'를 잃어버린 방황

    엄마가 아닌 나, 자신에 대한 정체성을 잃어버리자, 아이의 칭찬을 나의 것이라 착각하며 위로하고, 치장하는 어리석은 엄마가 서 있다.

    나는 초등학교 1학년 아이를 키우고 있는 평범한 엄마다. 이 평범한 아줌마가 코로나 팬데믹으로 갑자기 바뀐 세상에 지난 1년 동안 모든 외부 활동을 멈추고 연극배우가 되었다. 관객은 오직 한 명, 내 아이다. 나는 아이에게 아침밥을 주고 설거지를 마치고 나면, 오전에는 영어 선생님과 수학 선생님의 가면을 쓰고 책상 앞에 앉아 아이를 가르쳤다. 오후에는 아이의 유치원 친구나 상상 속 친구가 되어 온 집안을 돌아다니며 놀았다. 종종 미술 선생님 가면을 쓰고 아이와 함께 커다란 집과 우주선 등 다양한 미술작품을 만들고, 인적없는 시간에는 놀이터로 나가 줄넘기를 가르치고 함께 달리고 뛰어노는 체육 선생님이 되었다. 그렇게 하루에도 열두 번 나는 아이의 선생님이 되기도 하고, 친구가 되기도 하며 지내왔다.

어둠이 짙게 내린 밤, 아이는 내가 읽어주는 책 읽는 소리를 자장가 삼아 새근새근 잠이 들었다. 나는 잠든 아이의 기다란 속눈썹에 입맞춤하고 이불 밖으로 나왔다. 아이가 잠든 것을 끝으로 한 아이의 엄마는 퇴근했지만, 한 가정의 주부로서의 업무는 계속됐다. 싱크대 안에 남아있는 컵과 그릇을 닦고, 여기저기 어질러진 물건들을 정리했다. 낮에 미처 개지 못한 옷가지를 마저 개는 야간업무까지 마치고 나면, 내 몸은 파김치가 되어 침대에 쓰러져 기절하듯이 잠드는 일상의 연속이었다.

누군가는 자신과 크게 다르지 않은 일상이 적혀있어 공감하고 있을지도 모르고, 누군가는 이 시간을 잠시 멈춰 서서 에너지를 축적하는 시간으로 보냈기에 답답하다고 느낄지도 모른다. 굳이 변명해보자면, 나는 나의 불안감 때문에 가만히 있을 수 없었다. 내년이면 입학하는 아이를 지켜보고 있으면 걱정이 앞섰다. 7세 이전까지는 실컷 놀고, 7세부터는 학습과 놀이를 병행하려는 계획을 차질 없이 실행하고 싶었다. 아이가 학교에 잘 적응하길 바랐기에 스스로 할 수 있는 일들을 늘려 주고 싶었고, 한글과 산수 학습을 시작으로 책상에 앉아있는 습관이 생기기를 바랐다.

그래서 아무것도 하지 않은 평일을 보내고 나면 내 마음 어딘가에서 불안이 스멀스멀 기어 올라왔다. 나는 그 불안에 고개를 가로젓고 싶어서 아침이면 일어나 또다시 이 가면, 저 가면을 썼다.

그런 시간을 보내다 보니, 결국에는 목, 허리, 발까지 어디 하나 성한 구석이 없었다. 침대에서 두 발을 내리는 순간마다 족저근막염으로 비명을 삼키며 하루를 시작했고 결국에는 허리까지 아파 침대에 누워 꼼짝 못 하는 신세가 되었다. 며칠간의 도수치료로 벽에 기대어 앉아있을 수 있게 되니 내가 유일하게 할 수 있는 일인 책을 열심히 읽어주었다. 근데 이 '열심'이 또 말썽이 됐다. 이번에는 목이 아팠다. 병원에 가니 의사 선생님은 말을 많이 하는 직업이냐고 물으며 이러다가 성대결절이 오니, 목을 좀 덜 쓰면 좋겠다는 조언을 하셨다. 하루에 적게는 다섯 권, 많게는 스무 권이 넘는 책을 구연동화 스타일로 읽어주다 보니 목에 이상이 온 것이다. 이렇게 나는 나를 잊은 채 24시간 아이만을 생각하고 아이만을 위해 생활하는 '엄마'로서의 나만 남았다.

그리고 이런 나의 노력을 보상받듯이 아이는 새로운 환경인 학원에서도 학교에서도 이쁨과 칭찬을 받는 아이로 자랐다. 오늘도 엄마인 내 모습에서 보고, 느끼고, 배운다는 영어학원 선생님의 과분한 인사에 얼떨떨하기도 했고, 언제나 밝고 씩씩한 아이의 모습에 자신까지 밝아진다고 전해주는 학부모의 인사에 고마웠다. 때로는 반듯한 자세로 인사도 잘하고 스스로 하려는 아이의 모습이 이쁘고 기특하다며 칭찬해주는 어르신들의 말씀에 나도 모르게 고개 숙여 감사하면서도 마음 한구석에서는 뿌듯함이 몰려왔다.

칭찬에도 내성이 생기는 것일까?

"어머님, 선생인 제가 어머님께 배워야겠어요. 어쩜 이렇게 사랑스럽고 바른 아이로 키우셨나요? 제가 주니에게는 어떤 점이 더 나아지면 좋겠다 하는 생각이 들지 않아요. 정말 이 세상 풍파 하나 겪지 않고 이대로만, 그저 이대로만 자라줬으면 좋겠다 하는 생각뿐이에요." 하는 초등학교 첫 담임선생님의 과분한 칭찬에 나는 '나의 양육과 교육 가치관이 틀리지 않았다'라고 생각했다. 아이에게 표현된 칭찬을 들으며 내가 엄마로서 그동안 잘해왔다는 나에게 주어진 칭찬이라고 착각하고, 위로하고, 치장했다.

소위 나도 엄마가 처음이라 아이의 칭찬은 당연히 뒤에 서 있는 아이의 엄마인 나의 것인 줄 알았다. 운동선수가 좋은 성적을 거두면, 그 선수를 축하하며 그동안 이끌어준 코치와 감독의 노고를 칭찬하듯이 아이 뒤에 서 있는 엄마인 나에게 하는 칭찬하는 줄 알았다. 아니, 거기서 더 나아가 아이의 밝고 상냥한 면은 나의 밝고 상냥한 부분이 아이에게 스며들어 그런 것이라 여겼다. 아이가 착한 아이면 나도 착한 엄마고, 아이가 훌륭하면 나도 훌륭한 엄마라고 착각했다. 이렇게 아이의 칭찬을 자신의 것이라 여기는 자신을 잃어버린 어리석은 엄마가 서 있었다.

'나'에게 우연히 다가온 인연

나는 우연히 「랜선 새벽 도서관」을 만나 나의 시간을 만들었고, 「모닝페이지」를 작성하며 다양한 나를 만났다. 그리고 「부모교육 코칭전문가」 과정을 통해 나를 알고, 이해하는 인연을 맺었다.

겨울의 추웠던 바람이 이제는 제법 차가운 공기로 바뀌었다고 느낀 어느 날, 도서관에서 책을 대여하고 나와 집으로 돌아가던 길이었다.

"엄마, 내 꿈은 엄마야. 나는 엄마같은 엄마가 될 거야." 아이는 조금 전에 빌린 꿈에 관한 책의 영향으로 꿈에 관해 언급하는 듯했다.

"엄마는 꿈이 될 수 없어. 경력 한 줄 되지 않아. 그보다 더 큰 꿈을 찾아봐." 나는 말똥말똥 반짝이는 아이의 눈을 바라보며 차가운 공기가 살갗을 스치는 듯한 현실을 이야기해줬다.

"나는 엄마가 너무 좋아. 그래서 엄마 같은 엄마가 되고 싶어. 나는 화내지 않은 엄마, 따뜻한 엄마, 남들과 다른 내 엄마가 좋아." 아이는 자신을 비추고 있는 따스한 햇살같은 미소와 함께 자신의 꿈은 나 같은 엄마가 되는 것이라고 말했다.

나는 엄마가 꿈이라는 아이에게 '꿈이란 그런 게 아니야. 꿈을 꾸려면 이런 멋진 꿈을 꿔야지.' 하고 알려주고 싶었다. 책을 좋아하는 아이로 키우고 싶어서 도서관을 제집 드나들 듯 가며 책 읽는 모습을 보여주었듯이, 엄마인 내가 꿈을 찾고 이뤄가는 모습을 보여주면 아이도 자신의 진짜 꿈을 찾을 수 있을 것이라 여겼다. 그렇게 나는 어느덧 새해가 훌쩍 지나서야 새해의 목표를 정했다.

'꿈을 다시 찾자', '꿈을 찾기 위해 나 자신을 알자'

나는 잃어버린 나의 꿈을 찾고 싶었고, 꿈을 찾기 위해서는 수많은 가면 아래 숨겨진 진짜 나 자신을 알아야겠다는 생각을 했다. 하지만 내 간절함과 달리 세상은 여전히 닫혀 있었고, 멈춰있었다. 그리고 솔직하게 말하면, 방법도 몰랐다. 그저 난 밖으로 난 길을 나갈 수 없으니, 내 안에 나 있는 길을 내 방식대로 걷기 시작했다. 대부분은 아이를 재운 늦은 밤, 책을 읽으며 나에 대해 새롭게 생각하는 시간을 보냈다. 하지만 며칠이 지나자, 내 손에는 책보다 맥주 한 캔을 드는 시간이 늘어났다. 작은 캔 하나에도 취기가 오르던 내가 큰 캔 하나를 너끈히 마셔갔다.

'이러면 안 되는데…. 변해야 하는데….'라는 생각을 했지만 좀처럼 변하지 못하고 있을 때, 우연히 맘카페에 올라온 「랜선 새벽 도서관」 초대 글을 보게 되었다. '모닝 미라클'이라는 이름으로 이전의 새벽형 인간이 다시 유행하는 것처럼 보였다. 나와 같은 보통의 엄마들이 이른 시간부터 일어나 책을 읽고 공부하는 모습에 정신이 번쩍 들었다. 그렇게 나는 나와 같은 엄마들에게서 자극을 받고 용기를 얻어 기상 시간을 조금씩 앞당기며 새로운 세상을 향해 나아갔다.

기상 시간을 조금 앞당겼을 뿐인데, 도서관 반납일에 치여 허겁지겁 활자를 읽던 내가 이제 다른 이의 추천서를 읽으며 예전처럼 필사하고, 필사한 문장 아래 내 생각을 남기는 독서록을 쓰는 여유까지 생겼다. 그런 여유로움 속에 누군가가 자신의 인생책이라며 줄리아 카메론의 『아티스트 웨이』를 추천했다. 나는 다시 '잃어버린 나를 찾자'라는 목표를 되새기며 이 책의 주요 활동인 「모닝페이지」를 꾸준히 작성하기 시작했다. 그리고 그 글을 훑어보던 어느 날, '엄마'라는 글자를 자주 적는 나를 발견했다. 진정한 '나'를 찾겠다던 내가 '엄마'인 지금의 삶을 만족스러워하고 행복해하고 있음을, 더 나은 엄마가 되기 위해 끊임없이 노력하고 그 성장을 재미있어하고 있음을 발견했다. 이 새로운 관점의 발견은 새삼 '나, 엄마구나. 그래. 나, 엄마지.'하며 '엄마'라는 이 두 글자를 새롭게 인식하고, 나에게 있어서 '엄마'라는 이름이 주는 의미에 대해 재명명하게 되었다.

엄마가 아닌 진정한 '나'를 찾아보겠다고 고민하던 내가 그동안의 시간이 허무하게 다시 '엄마'로 돌아왔다. 세상이 '꿈'에 대해 언급할 때, 사회에서 콧방귀를 뀔 단어 '엄마'가 아닌, 제대로 된 직업을 보여주고 싶었다. 한 아이의 엄마가 아닌 진짜 꿈을 찾아 이룬 나를 아이에게 보여주고 싶었다. 하지만 돌고 돌아온 단어는 '엄마'였다. 현모양처를 말하는 쌍팔년도도 아닌데, 엄마가 무슨 꿈인가? 라고 생각하며 막다른 벽 앞에 서서 당혹감과 좌절감을 맛봤다. 이제까지의 내 시간이 허무하게 느껴졌고, 앞으로 어떻게 해야할지 길이 보이지 않았다.

이제 발목에 채워진 자물쇠처럼 느껴지기까지 시작한 엄마가 어떤 의미를 지니고 있는지, 그리고 이 엄마의 길은 어떻게 가야 이상적인지 고민하고 방황하고 있을 때, 「부모교육코칭전문가」과정이 내게 다가왔다. 솔직히 나는 그동안 부모교육책이라는 것을 한 번도 읽어본 적 없는 엄마였다. 그래서 부모교육이라는 것이 낯설지만, 신선하고 재미있었다. 처음 들어보는 부모교육에서 나는 자신의 감정과 욕구를 살피며, 내 감정을 마음껏 느꼈다. 설렘과 걱정이라는 복잡한 감정의 마음의 소용돌이가 잔잔해지니, 잔잔한 내 마음에 '퐁당'하고 떨어져 물결을 일으키는 돌멩이 조각의 존재도 깨달을 수 있었다. 혼자 끙끙거리며 자신에 대해 고민했을 때보다 한국심리적성협회의 이주연 소장님과 함께 '나'에 대해 깊이 알아갈수록 뿌연 안개 속의 내가 선명히 보였다. 내가 선명해지니, '엄마이기 이전의 나'와 '엄마가 된 나'를 모두 발견하며 통합할 수 있었다.

'나'를 직면한 순간

「부모교육코칭전문가」 과정을 통해 나는 일상을 기록하게 되었다. 그리고 그 일상 안에서 가면을 벗은 진짜 나를 바라보는 새로운 관점을 익히고 또 다른 나를 직면했다.

나는 수영을 마치고 나온 아이의 젖은 머리카락을 빨리 말리고 집으로 가기 위해 아이를 기다리고 있다. 그런데 수영 강습을 마치고 나온 아이의 표정이 밝지 않았다. 나는 아이의 젖은 머리카락을 마른 수건으로 털어주며 "표정이 왜 그래? 무슨 일 있어?" 하고 넌지시 물어보았다. 아이는 여전히 불편한 듯한 표정이었지만 말은 하지 않았다. 오늘도 나는 아이에게 "주니야. 주니가 말해주지 않으면 엄마는 알 수가 없어. 무슨 일인지 말을 해봐. 어디 다쳤어? 뭐가 불편해?"라며 아이의 대답을 재촉했다.

"수영 선생님이 오늘도 나한테 짓궂게 행동하셨어. 나는 선생님의 장난이 싫어." 아이는 입술을 삐죽 내밀며 말했다.

"오늘도 선생님이 주니한테 장난을 치셨구나. 5학년 언니, 오빠들 사이에 1학년인 네가 있어서 너무 작고 귀여워서 그러시나 봐. 아니면 재미있게 해주고 싶어서…" 나는 선생님이 한 행동의 의도를 상상하며 대답했다.

"나는 재미있지 않아. 내가 재미있지 않으니까 이건 장난이 아니야." 아이는 조금 전과 달리 단호하게 말했다.

"그렇지. 우리 주니는 재미있지 않으니까 이건 장난이 아니지. 그렇네. 엄마가 너무 안일하게 생각했다. 맞아. 장난은 모두 즐거워야 장난이지." 아이의 말이 틀린 것이 아니니, 적당히 인정하며 넘어갔다.

"응. 난 즐겁지 않아. 오늘 우리 라인에서 제일 키 큰 언니 있잖아. 선생님이 그 언니의 머리를 때리라고 시켰어."

"뭐? 선생님이 다른 사람을 때리라고 했다고?" 나는 아이의 말에 놀라 탈의실 공간을 가득 채울 만큼 큰 소리로 반응해버렸다.

"응. 진짜야. 나는 언니를 때리고 싶지 않았어. 그래서 안 때리겠다고 했어." 아이는 이제 눈물을 흘린 것만 같았다.

"그건 정말 잘못됐다. 엄마가 선생님께 그렇게 하지 말아 달라고 말할게." 나는 아이에게 이렇게 대답하며 다른 한편으로는 아이가 말하지 않은 부분이 더 있겠지 하고 생각했다.

"응. 엄마가 말해. 선생님은 내 말을 듣지 않으니까 엄마가 선생님께 말해줘." 울먹일 듯 말하던 아이는 어느새 진정되었는지 깊은숨을 한 번 몰아쉬고는 제 할 일을 이어나갔다. 나는 아이가 진정된 듯하여 서둘러 드라이기로 아이의 머리카락 말리고 집으로 향했다. 나는 그날도 아이의 투정을 무사히 넘긴 것 같았고, 별일이 아니라고 판단했다. 그날 저녁 식사 자리 전까지.

그날 밤, 저녁 식사 자리.

아이의 아빠는 국 한 수저를 뜨면서 아이에게 학교생활, 교우 관계 등 그날의 하루를 물었다. 그리고 그날 일정인 수영 학원에 대해서도 물었다.

"오늘 수영은 재미있었어?"

"응. 그런데 아빠. 선생님이 또 나한테 장난쳤어. 난 선생님의 장난이 싫어." 아이는 수저질도 멈추고 아빠를 보며 말했다.

"장난? 저번에 선생님께 전달했잖아. 장난치는 거 안 좋아한다고."

"응. 말했지. 그런데 오늘은 나한테 자꾸 공주병이라고 장난을 쳤어. 내가 선생님께 하지 말라고 말했는데 계속 말했어." 아이는 정말 속상했는지 표정이 좋지 않았고, 거친 숨도 몰아쉬었다.

"아가 싫다는데 그 선생 자꾸 와 자꾸 그라노? 거, 기분 나쁘네." 아빠는 아이의 표정을 살피며 구수한 부산 사투리가 나오기 시작했다.

"그치? 아빠도 기분 나쁘지? 나도 기분 안 좋았어. 분홍색 좋아하면 공주병이래. 그리고 있잖아. 아빠. 사실 오늘은 선생님이 옆에 있는 언니를 때리라고도 했어."

"뭐? 때려?" 이제 아이의 아빠도 수저를 식탁에 내려놓고 아이를 향해 자세까지 고쳐 잡았다.

"응. 언니가 나랑 수영 시합했는데… 언니가 졌다고. 벌 받아야 한 대. 집중하지 않았대. 그래서 나한테 언니 때리라고 했어. 이렇게. 꿀밤. 난 하기 싫다고 안 했어." 아이는 꿀밤 흉내까지 내며 아빠에게 설명했다.

"뭐 그런 선생이 다 있어. 안 되겠네. 아빠가 한마디 해줄게. 공주병이라는 말도 하지 말고, 그런 행동도 시키지 말라고!" 아이 아빠는 어느새 언성이 꽤 커졌다.

"응. 응. 아빠가 가서 선생님께 말해줘." 아이는 아빠 목소리보다 더 크게 대답했다. 나는 이젠 아이보다 더 흥분해있는 아이 아빠를 진정시키느라 진땀을 뺐다. 아이는 그런 나와 아빠의 모습에 웃음이 났는지 웃음을 터뜨렸다.

나는 아이와 아빠가 이야기 나누는 모습을 바라보며 아이의 표정에서 작은 울렁거림을 느꼈다. 아이의 단호한 표정이 울 것 같은 느낌으로 변하고 나중에는 화가 난 듯한 행동까지 취했지만, 이내 미소로 끝을 맺는 아이의 표정이 마음에 와닿았다. 아빠는 아이의 이야기를 집중해서 듣고, 아이의 상황과 감정을 이해하는 것으로 보였다. 무엇보다 나처럼 판단하고 조언하지 않았다. 아이의 마음에 잠시 머물러 주며, 아이의 부정적인 감정이 해소될 때까지 함께 폭발적으로 반응해주고, 아이의 시간에 맞춰 감정을 흘려보내고, 이내 아이의 미소까지 되찾아 주는 것을 엿볼 수 있었다. 그날 오후, 아이가 뱉어낸 깊은숨은 감정의 정리가 아닌 한숨이었음을 깨달았다.

나는 이 글의 마무리 작업에, 혹시 내가 적은 글이 꾸밈없이 적은 글이 맞는지 아이에게 확인을 부탁했다. 그리고 그 과정에서 아이가 짚은 점이 내게 또 다른 깨달음을 주어 이 부분 또한 기록한다. 내가 처음 글을 작성할 때, 대화 부분에 "나는 선생님이 싫어."라고 적었다. 그러니 아이가 "엄마, 이 부분은 틀렸어. '나는 선생님의 장난이 싫어.'라고 적어야 해. 난 선생님이 싫은 게 아니야. 선생님의 장난이 나랑 안 맞았던 거지."라고 말했다. 엄마인 나는 이제야 그 사람 자체가 싫은 것이 아니라, 그 사람이 한 행동이나 말이 내 느낌의 자극이 되었고, 원인은 아니라는 것을 깨달았는데 아이는 이미 정확히 알고 있었다. 오늘도 나는 아이에게서 한 수 배우며, 역시 아이가 아니라, 엄마인 내가 상대방을 온전히 존중하는 마음의 대화를 배워야겠다고 다짐했다.

'나'를 관찰하는 시간

직면한 나 자신을 부정하지 않고 들여다봤다. 부끄러운 나의 민낯을 바라보며, 나는 자신을 분석했고, 분석한 나의 모습에서 마음을 '공감하지 못 하는 엄마'를 만났다.

다음날 새벽, 나는 변함없이 4시 30분에 일어나 모닝 페이지를 작성했다. 무의식적으로 자유롭게 글을 써 내려가다 한 주제에 머물렀다. '아이 아빠가 나눈 대화와 내가 나눈 대화의 차이는 무엇인가?' 나름의 고민을 하며 나름의 답을 적어 내려갔다.

아이 아빠는 아이가 설명해주는 것을 상상하지 않고 있는 그대로 들었다. 아이의 감정이 틀렸거나 옳지 않다며 평가하거나 판단하지도 않았다. 사실 기록하지 않은 부분까지 합하면 아빠는 조금 더 과격한 표현도 사용했다. 그 대화법은 육아서에 적힌 올바른 정답은 아니었다. 하지만, 내 아이에게만큼은 아빠와의 대화가 모두 정답이었다. 아이 아빠는 수저까지 내려놓고 아이에게로 자세까지 고쳐잡으며 아이의 말에 집중하고 있음을 자세로 보여주었다. 아이가 표현한 모든 것을 있는 그대로 수용하며, 너의 그런 감정은 자연스러운 감정이라며 아이의 모든 감정을 공감했다. 적어 내려간 모닝 페이지의 마무리에 경청과 공감이라는 두 글자를 적고 동그라미를 빙글빙글 그렸다.

반대로 나는 우선 아이가 자신의 감정을 추스르고 정리할 때까지 시간을 주지 않았다. 기다려주지 않았고, 지금 내 눈에 거슬리는 너의 상태와 행동에 대해 말로 설명해보라고 압박하고 지시했다. 그리고 아이가 용기를 내어 말을 했는데도 있는 그대로 듣지 않았고, 아이의 마음을 분석하고 그 상황을 그리며 선생님의 입장을 설명했다. 나는 아이가 놀림을 받아 불쾌하고 싫었다는 감정도, 타인이 자신이 원하지 않은 행동을 시켰을 때의 불편한 감정도 공감하지 못했다. 나는 내 기준에서 듣고, 내 가치대로 판단하며, 그저 아이를 빨리 달래서 불편한 이 상황에서 주위를 돌리려고 한 것이다.

내가 아이에게 사용한 대화 패턴은 분명 '명령·지시, 설명, 해석·분석, 주의 돌리기'라는 것을 인지했다. 무엇보다 '기다려주기' 만큼은 끝내주게 잘한다고 생각했던 내가 아이가 자신의 속도로 감정을 정리하고 표현할 때까지 기다리지 않고 재촉했음을 알아차렸다. 아이의 아빠처럼 가만히 들어주고 그 감정을 공감하면 자연스레 해소될 수 있는 부분을 분석하고 설명하려 들었다. 내가 아이와 대화하는 패턴을 인지하고 나니 무엇이 옳지 않았고, 어떻게 바꿔야 할지 시작점에 선 느낌이 들었다.

＊ 나는 어떤 대화 패턴을 사용했는가?

사용한 대화	대화 패턴
무슨 일인지 말을 해봐. 말을 해야 알지. 말을 해. 말을. ㄴ 아이의 속도를 기다리지 않고, 명령하고 지시하기	명령· 지시하기
언니, 오빠들 사이에 네가 있어서…. ㄴ 아이의 말을 내 기준으로 설명하기	설명하기
작고 귀여워서, 재미있게 해주고 싶어서…. ㄴ 타인의 생각과 감정을 해석하고 분석하기	해석· 분석하기
그건 정말 잘못됐는걸. 엄마가 그렇게 하지 말아 달라고 할게. ㄴ 그 상황을 모면하기 위해 주의 돌리기	주의 돌리기

이 외에도 평소의 나는 어떤 대화 패턴을 사용하는지 내가 나의 대화 패턴을 분석했다. 나는 받아쓰기 90점을 받아온 아이의 성적을 바라보며 평가하고, 다음에 어떻게 하면 더 잘할 수 있는지 조언하고 충고했다. 아이를 위해서라는 명목으로 선생님처럼

교육하고, 때로는 아이의 이야기를 온전히 듣는 것이 아니라, 내 이야기를 했다. 간혹 아이의 슬픈 감정, 억울한 감정의 흐름을 중지시키거나 전환시키기도 했다. 나는 아이를 내 틀에 적용하여 바라보고 있었다는 것을 발견했다.

　의식하지 않고 써 내려간 「모닝페이지」에서는 이전에는 보지 못했던 나를 발견했다. 그동안 나라고 착각했던 이상적인 엄마, 좋은 엄마, 훌륭한 엄마는 없었다. 그런 나는 사라지고 강압적이고 공감하지 못 하는 엄마가 서 있었다. 아이의 마음을 이해하려고 노력조차 하지 않은 엄마가 서 있었다. 나는 이내 부끄러워 얼굴이 붉어졌다.

'나'의 감정이 깃든 대화

"머리로는 이해하지만, 마음은 슬픔으로 가득 찼어요. 꼭 안아 주세요."라고 자신을 솔직히 표현하는 8살 아이를 바라보며 나는 오늘도 내 감정을 솔직하게 말하는 용기를 가진다.

"응애응애" 울던 아기가 어느덧 옹알이를 시작하더니, 이제 자신의 생각과 감정을 제법 잘 전달하는 아이로 자랐다. 나는 그런 아이를 바라보며, 이 아이와 앞으로 '건강한 관계'면 좋겠다는 바람이었다. 이 바람이 「부모교육코칭전문가」과정을 거쳐 오며 조금 더 구체화 됐다. 부모와 아이와의 관계가 일방적인 노력으로 완성되지는 않겠지만, 엄마의 변화가 아이에게도 선한 영향을 미친다고 생각하며, 나는 오늘도 내 아이와 더 건강한 성장의 관계를 이어나가기 위해 변화된 대화를 한다.

우선, 내가 착용하고 있던 뿌옇게 변한 나의 색안경을 닦아내고 보이는 그대로 관찰하고 관찰한 것만 말하려고 노력했다. 그리고 확 치밀어 오르는 표면적 감정이 아닌 그 안의 구체적인 감정을 느끼려고 노력했다. 예를 들어, 빙산의 일각인 '화'가 아닌 그 안에 있는 '실망감, 속상함, 걱정'과 같은 구체적인 감정을 느끼려고 노력했다. 또한, 내가 느끼는 이 감정을 타인의 탓으로 돌리는 것이 아니라 내가 책임지기로 했다. 다른 말로 표현한다면, 아이의 어떤 행동으로 느끼는 나의 감정을 "너 때문에 화가 나."라며 아이의 책임으로 돌리지 않고, "네가 한 그 행동이 엄마를 놀라게 했고, 걱정되었어."라고 솔직하고 구체적으로 표현했다.

매일 놀이터로 출퇴근 도장을 찍는 아이가 오늘도 여느 때처럼 놀이터에서 뛰어놀고 집으로 돌아가는 길이었다. 내 손을 잡고 길을 걷던 아이가 강하게 잡아당기며 말했다.

"엄마, 오늘 수영장 가기 힘들어요."

나는 아이가 놀이터로 뛰어가기 전 "오늘은 수영 강습이 있는 날이니 놀이터에서 조금만 놀아."라고 권했었다. 그래서 나는 '네가 노는 중간에 몇 번이나 집에 가서 쉬자고 말했는데! 놀다 힘들어서 안 가겠다고?!!'라고 생각하며 짜증 섞인 화가 치밀어 올라왔다. 그 순간, 아이 손을 잡고 있던 내 오른손의 힘이 나도 모르게 풀렸나보다. 작은 손에서 힘없이 빠져나가는 엄마의 손을 조물조물 만지는 따뜻하고 작은 두 손의 힘이 느껴졌다.

나는 작은 손을 바라보며 내 감정에 솔직해지기로 한 나의 다짐을 떠올렸다. 호흡을 크게 한번 몰아쉬며 숨을 골랐다. 아이는 지금 "수영장 가기 힘들어요." 한마디 했을 뿐이다. '확대해석하지 않고 아이가 말한 것을 그대로 받아들이자'라며 나를 다잡았다.

　수영장에 가기 힘들까요? 수영장 가고 싶지 않아요?"

　"네. 수영장 가기 싫어요." 아이는 작은 목소리로 대답했다.

　"수영장 가기 싫구나. 놀이터에서 놀고 나서⋯ 한 시간 가까이 뛰어놀고⋯ 힘들어서⋯ 수영장 가기 싫다고 하니⋯ 엄마는 조금 실망스럽고 속상한 마음이 드네. 수영장 가기 어려울 만큼 힘들까?" 나는 기존에 가지고 있던 의사소통 방식인 설명, 해석, 분석은 잠시 내려놓고, 사실만 나열하려고 노력했다. '왜'라는 질문으로 꼬치꼬치 캐묻는, 내 몸에 배어 있는 대화 습관을 내려놓고 객관적인 사실만 나열하는 것은 생각만큼 쉽지 않았다. 그래서 말을 더듬는 사람처럼 말 사이 사이가 제법 늘어졌다.

　"있잖아요⋯ 수영이 너무 힘들어요. 접영 너무 어려워요." 아이는 작은 목소리였지만, 차분하게 자신의 목소리를 냈다.

　"맞아, 접영 어렵지. 힘들구나." 나는 접영이 어렵다는 아이의 말에 수긍해줬다. 땅만 바라보며 말을 이어 나가던 아이가 자신의 말에 동의해주는 나의 말을 듣고서야 고개를 들고, 나와 눈을 마주쳤다.

　"응. 자유형은 다리만 힘들었는데 지금은 팔도 같이 아파요."

"팔이 아프구나. 그럼 네가 원하는 건 오늘 수영 수업 안 가고 싶은 걸까? 엄마는 수영 선생님께 연락을 보내야 해서 물어보는 거야."

대화를 나누며 걷다 보니 어느새 우리는 집에 도착했다. 아이는 곧장 화장실로 달려가 손을 씻고 나와, 식탁 위에 준비해뒀던 샌드위치를 한 입 베어 물었다. 나는 평소와 달리 재차 묻지 않고 그저 아이 앞에 마주 앉아 묵묵히 대답을 기다렸다. 어느 정도 시간이 지났을까?

"엄마, 수영장 갈래요. 그런데 준비운동 발차기 5바퀴를 4바퀴만 돌고 싶어요. 접영도 한 바퀴는 덜 돌고 싶어요." 아이는 학원 가지 싫다는 의사를 바꾸고, 다른 의견도 제시했다.

"그렇게 할까? 그럼 엄마가 선생님께 준비운동 발차기할 때 한 바퀴만 쉬게 해 달라고, 그리고 접영 할 때도 한 번만 쉬게 해달라고 전달할게." 나는 아이가 제시한 의견이 틀렸다, 나쁘다. 평가하지 않고 그대로 전해주겠다고 대답했다. 아이는 샌드위치 소스가 잔뜩 묻은 입술로 미소 지으며 "네."라고 씩씩하게 대답했다.

나는 아이에게 수영 가방을 챙겨와 달라고 부탁했다. 혹시 나의 침묵이 아이에게는 강압적인 분위기로 느껴져서 아이가 의견을 바꾼 것이 아닐까? 하는 생각이 스쳤기 때문이다. 그래서 아이가 혹시 축 처진 어깨로 느릿느릿 가방을 가져온다면, 다시 마주 앉아 조금 더 대화를 나눌 참이었다. 나의 침묵이 너에게 보내는 압력이 아닌, 기다림이었다고 말해주고 싶었다. 그러나 아이는 가벼운 발걸음으로 자신의 방으로 달려가 빠진 물건이 없는지 확인까지 하며 수영 가방을 챙겨 나왔다. 그제야 나도 안심하고 외투를 챙겼다.

학원에 가는 것보다 친구들과 놀고 싶은 마음이 더 큰 아이를 키우고 있는 엄마들은 나의 에피소드가 자신의 이야기처럼 느껴질 것이다. 아니, 어쩌면 이런 결과가 나올 수 있다고 생각하며 고개를 설레설레 저을지도 모른다.

솔직한 내 감정과 생각을 첨부하자면, 사실 아이가 놀이터에서 놀다가 학원에 안 간다고 표현하니 내 마음에 답답함과 신경질의 감정들의 소용돌이가 일어난 것은 거부할 수 없는 사실이다. 그러나 나는 이전에 아이와 아빠가 대화는 장면을 관찰하며 느낀 바가 있었고, 내 대화 패턴을 변화시켜야겠다는 마음을 먹었기에 이번 기회에 꼭 변화하고 싶었다. 나의 욕구는 나의 행동을 변화시킬 만큼 강했다.

이전의 "말을 해야 알지. 말을 해 말을." 하며 재촉하던 습관을 멈췄다. '왜'라는 질문을 퍼부으며 분석하는 나의 오래된 습관을 내려놓았다. 물론 익숙하지 않은 객관적인 사실만 나열하려다 보니, 말이 늘어진 면도 있었다. 하지만 다행히도 아이는 나의 속도를 기다려주고, 편안하게 나의 말을 받아들였다. 아니 오히려 아이는 이런 나의 어설픈 노력에도 불구하고 한 걸음 더 멀리 나간 것 같다. 나는 단지 재촉하지 않고 아이의 시간을 기다려주었을 뿐인데, 아이는 자신의 마음을 스스로 정리한 것뿐만 아니라 자기 나름의 답을 찾는 노력도 했다. 엄마의 성장 속도보다 아이의 성장 속도가 더 빠르다는 것을 느낀 순간이기도 했다.

다음날 새벽, 모닝 페이지에 이 전날을 상기하며 '내가 아이에게 내 감정을 솔직하게 담아 부탁했다면 더 좋지 않았나?' 하는 아쉬움을 남겼다. 그리고 다음에는 그렇게 하리라 다짐했다. 내일의 나는 오늘보다 더 성장할 거라는 희망을 품었다.

"주니야, 네가 친구들과 놀이터에서 놀고 싶은 마음은 이해해. 하지만, 한 시간을 뛰어놀다 바로 수영 학원으로 가면 네가 힘들까봐 엄마는 걱정이 돼. 놀이터에서는 40분 정도만 뛰어놀고, 남은 시간은 집에 가서 쉬었다 가면 어떨까?"

'나'의 바람이 부는 대화

내가 바라는 '바람(욕구)'이 무엇인지 들여다 보고, '아이를 위해서'라는 허울을 입은 나의 욕심을 내려놓았다. 내 욕심이 걷히니, 나와 아이는 갈등하는 관계가 아니었다.

온전히 보이는 지금, 이 순간

종일 내린 가을비에 이제 제법 춥다고 느낀 어느 날, 아이는 평소와 같이 자신이 쓴 일기를 가지고 나와 내 앞에서 발표했다.

> 비가 주룩주룩 오는 날. 엄마께서 "비가 안 와도 추운데… 비가 오니 더 추워져서 감기 걸리기 쉬운 날씨네. 수영 가지 말자."고 하셨다. 그래서 기분이 진짜 좋았다?!!

수영 수업을 안 가는데 왜 좋냐고? 왜냐하면 내가 그냥 접영부터 양팔 접영까지 하는데 접영이 너무 힘들어.

왜 힘드냐고? 그건 내가 하는 수영 수업은 대부분 5학년이어서 따라가기 힘들어. 하지만 옛날에는 내 선생님이 내가 1학년인데 3학년 수준이라고 잘 따라간다고 하셨어. 내가 몸집이 작아서! WAVE할 때 깊이 하고 나올 때 팔을 뻗으며 올라와야해!! ⊙□⊙!! 그런데 그러기앤 내가 너무 작아.

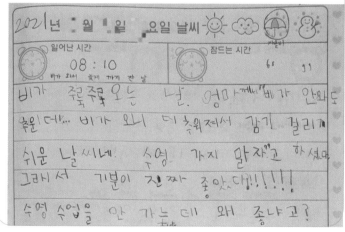

아이의 일기장에서 일부 발췌

나는 아이가 발표하는 일기 내용에 깜짝 놀랐다. 인근에 코로나 확진자 알림이 와서 내가 잠시 수영을 멈추자고 하면, 수영장에 가고 싶다고 떼를 쓰던 아이였다. 그런데 오늘 읽어준 일기장에서는 아이가 수영장을 가지 않아서 기분이 진짜 좋았다고 표현되어 있었다.

　아이는 여느 때와 같이 발표를 마치고, 내 곁에 일기장을 놓고 는 거실로 뛰어가 놀았다. 하지만 나는 평소처럼 그 일기장을 아이의 책가방에 넣어둘 수 없었다. 탁상에 놓인 일기장을 다시 읽어내려갔다. 아이의 일기장에는 왜 예전과 달리 수영이 힘든지 고민한 흔적이 보였다. 학년이 높은 언니, 오빠에게 맞춰져 있는 강습 강도가 아이에게 버거웠다는 것이 보였다. 그동안 아이가 진도를 잘 따라 주어 이렇게 힘들어하는 줄 몰랐다. 수영장을 가지 않아서 기분이 진짜 좋았다는 문장이 계속 눈에 밟혔다. 그러나 그것도 잠시, 일상에 치여 그 고민도 옅어졌다.

　주말이 지난 월요일, 회사에서 일하고 있을 남편에게서 문자가 왔다.

> 수영 보내지마. 힘들어 하더만…
> 월요일이 싫은 이유가 수영이었어.

　아이 아빠가 보내온 문자에 전화를 걸어 자세히 물어봤다. 일요일, 아빠와 아이 둘이서 공원데이트를 하며 이런저런 이야기를 나눴는데, 그중에 수영에 관한 이야기가 나왔다. 아이는 아빠에게 현재 접영수업이 너무 힘들고, 월요일은 수영장 가는 날이라서 월요일이 안 왔으면 좋겠다고 표현했다고 했다.

지난날의 나의 고민과 맞물려 나는 이 순간을 그냥 넘어가면 안 된다고 판단했다. 나는 아이와 함께 고민하고 함께 답을 찾고 싶었다. 솔직한 마음을 남기자면, 나는 사실 이때 까지만 해도 수영♪ 수영장♬ 노래를 부르며 수영장으로 뛰어가던 아이의 뒷모습만 눈에 선했다. 그래서 수영 수업 강도를 조절하거나, 시간 변경을 하면 해결되는 문제로 생각했다. 이 또한 나의 착각이었다.

공감하면 들리는 마음

그날 하굣길, 나는 아이에게 오늘은 놀이터에서 놀지 말고 엄마랑 티타임 놀이를 하자고 권했다. 거실에 캠핑 의자와 테이블을 펼쳐놓았고 맛있는 간식도 준비되어 있다고 꾀었다. 아이는 흔쾌히 넘어왔다.

"주니야, 수영학원 다니는 것에 대해 같이 고민하고 싶어. 지금 이야기 나눌 수 있을까?"

오늘도 가을볕처럼 따뜻하게 빛나는 아이는 주스를 한 모금 마시고 큰 목소리로 "응."이라고 대답했다.

"주니가 최근에 수영하는 걸 힘들어하는 것 같아. 그래서 엄마는 너와 수영 시간을 변경하거나 아예 요일을 바꿔서 다른 선생님과 강습하는 것에 대해 말하고 싶어."

조금 전까지 따뜻한 가을볕처럼 따뜻한 미소를 짓던 아이가 고개를 숙인 채 작은 검지를 들어 탁자 위에 동그라미를 빙글빙글 그렸다. 순간 나는 '아차' 싶었다. '답정너'라는 단어처럼 '엄마는 답을 정해 놓았으니, 너는 이 중에서 답을 골라라.' 하고 있다는 사실을 알아차렸다.

"엄마가 잘 못 이야기한 것 같아. 다시 말할게. 우리 수영학원 다니는 것에 대해 함께, 함께 의논해보자. 그리고 엄마는, 엄마의 생각보다 주니의 생각이 더 중요해. 그러니 주니의 생각을 엄마에게 알려줄 수 있을까?" 나는 아이에게 이 고민을 함께 해결하고 싶다는 나의 의도를 간절히 전하고 싶었고 아이는 어렵게 자신의 솔직한 마음을 보여주었다.

"…수영 안 다녀도 돼요?" 아이는 나의 눈치를 보며 작은 목소리로 대답했다. 수영 시간을 주 3회에서 주 2회로 줄이거나 다른 선생님의 강습에 대해서만 고민했던 나는 조금 당황했다.

"음… 엄마는 미처 생각하지 못한 답변이라서 조금 당황스럽네. 근데 지금은 엄마의 감정보다 주니가 왜 그런 생각을 하는지 그게 더 궁금해. 말해줄 수 있니?"

"처음에 수영 배울 때 재미있었어요. 엄마랑 수영 선생님이 칭찬해주면 기분이 날아갈 것처럼 기뻤고, 친구들에게 나 수영할 줄 안다고 말할 때도 자랑스러웠어요. 그런데… 지금은 너무 힘들고 재미없어요. 접영이. 수영이 너무 힘들어요." 아이의 목소리는 점점 또렷하고 강해졌다.

"주니가 많이 힘들었구나." 나는 아이 곁으로 다가가 아이를 안아주었다. 서로의 온기를 나눈 후, 나는 나의 이야기를 해주었다.

"엄마도 주니 마음 이해해. 엄마도 접영 배울 때 팔도 아프고 너무 힘들어서 코로나라는 핑곗거리가 생기니까 바로 그만두게 되더라."

"엄마도 접영 배우다 그만뒀어?" 아이는 동그랗게 눈을 뜨며 물어보았다.

"응. 엄마도 주니처럼 두 팔 접영 배우다가 멈췄어. 코로나 치료제가 나오고 사회 분위기가 안정화되면, 다시 배우려고 생각하면서 말이야. 그런데 이건 진짜 궁금해서 물어보는 건데, 혹시 수영 요일을 3일에서 2일로 변경하는 것도 싫어?"

"응. 싫어." 아이는 분명한 목소리로 수영을 그만두고 싶다고 말하고 있었다. 나는 아이의 감정과 욕구를 분명히 알았다. 하지만, 나의 욕구가 선명하게 보이지 않았다. 내가 왜 욕심을 내고 있는지 그리고 아이가 이렇게 싫어하는데, 나는 대체 무엇을 원하는지 정확히 보이지 않았다.

"주니야. 엄마가 생각을 정리할 시간이 필요해. 엄마에게 시간을 줄 수 있을까? 조금 후에 다시 이야기해도 될까?"

"응. 괜찮아. 기다릴 수 있어." 아이는 있는 힘껏 주스를 빨아 마시고는 캠핑 의자에서 내려왔다.

알아차린 감정, 그 안의 욕구를 발견하다

나는 아이와 나눈 대화를 통해, 아이가 수영을 배우는 즐거움 이외에도 엄마의 칭찬, 선생님의 칭찬으로 기뻤고, 친구들에게서는 자랑스러움을 느꼈다는 사실을 알았다. 그렇다면 아이가 원하지 않은 지금부터는 어떻게 해야 할까? 아이의 의사를 꺾고 더 배울 가치가 있을까? 나는 무엇을 원하기에 수영 학원을 놓지 못하는 것일까?

수영 수업 첫날, 수영 선생님은 아이가 물을 무서워해서 자유형 배우는데도 6개월 이상이 걸릴 것 같다고 전했다. 그러나 아이는 첫 평가와 달리 수영을 배우면 배울수록 운동신경이 좋아 빠르게 다음 진도를 쭉쭉 나갔다. 나와 달리 운동신경이 있어 수영을 잘하는 그 모습에 대리 만족을 느꼈다.

곰곰이 생각하다 보니, 갑작스레 눈에 선한 장면이 하나 떠올랐다. 수영을 마치고 집으로 가던 어느 날, 아이가 "엄마 수영을 배웠더니 이런 생각이 들어. 내가 수영을 하나도 못 했었는데, 배우니까 할 수 있잖아. 그러니, 앞으로 모르는 것들, 다 배우면 돼. 배우면 난 다 할 수 있어."라고 말하고는 「넌 할 수 있어 라고 말해주세요」 노래를 힘차게 불렀던 아이의 모습이 떠올랐다. 나는 그날, 아이가 수영 학원에서 단순히 수영하는 기술을 배우는 것뿐만 아니라 '난 할 수 있어.'하는 마음가짐과 자신감을 키우는 모습을 보며 가슴 한편이 뭉클해지며 감동했다. 그리고 아이가 앞으로도 수영을 배우면서 좋은 마음가짐을 더 얻기를 바라는 욕심이 생겨났다.

무엇보다 호캉스를 갈 때마다 물이 무서워 엄마나 아빠에게 코알라처럼 붙어 있던 아이가 지금은 우리에게서 떨어져 혼자서도 즐겁게 물놀이를 즐기는 모습이 뿌듯하고 기뻤다. 그 기쁨 안에서 나도 편하고 자유롭게 휴가다운 휴가를 즐긴다는 편안함과 행복이라는 감정이 함께 있었다.

혼자서 즐겁게 수영하는 아이

나는 아이의 일취월장하는 수영 실력을 바라보며 대리만족을 느꼈고, 긍정적인 가치관을 활자가 아닌 몸으로 마음으로 느끼는 아이를 바라보며 흐뭇했다. 내가 좋아하는 물놀이를 아이도 즐겁게 즐기게 되어 기뻤으며, 무엇보다 여행을 가서 나도 혼자 자유롭게 여유롭게 즐길 수 있게 되어 너무 행복했다. 이렇게 나의 감정과 욕구를 구체적으로 정리하고 나니 나의 마음이 뚜렷해지고 한결 가벼워졌다. 나는 아이의 성장을 바라보며 충분히 만족했고 기뻐했다. 아이가 원하지 않은 것을 배우며 좋은 감정을 느끼고 발전할 수 있다는 건 어불성설이었다. 지금부터는 내 욕심이었다. 나의 욕심을 채우기 위해 아이를 밀어붙이는 것은 옳지 않았다.

영어학원을 마치고 돌아온 아이에게 나는 "엄마랑 지금 이야기 나눌 수 있을까? 아까 하던 이야기를 마저 하고 싶어."하고 운을 뗐다. 놀이터에서 놀다 와 숨을 세차게 쉬면서도 아이는 "응."이라고 대답했다.

"주니야, 수영학원 그만 가자."

"정말?" 아이는 환하게 웃으며 답했다.

"응. 정말. 오늘부터 수영 수업 안 간다고 전화하자. 엄마는 주니가 아빠랑 엄마랑 같이 즐겁게 물놀이를 하면 좋겠다는 바람에 수영 강습을 시작한거야. 지금 주니 실력이면 충분히 수영장에서 재미있게 놀 수 있잖아. 저번에 호텔 수영장 갔을 때 기억나지? 주니가 제일 재미있게 놀았던 것 같은데."라고 말하고는 미소 지었다.

"앗싸!" 아이는 정말 신나 보였다.

아이와의 대화를 마치고 이제 수영 선생님께 어떻게 문자를 보내야 할까 고심하고 있을 때, 아이가 다가왔다.

"근데, 있잖아. 엄마. 오늘은 수영 수업 가자. 가서 선생님께 수영 그만둔다고 이야기하고 올래. 그렇게 하고 싶어." 수영 선생님께 마지막 인사를 하겠다는 아이의 용기를 격려하며 우리는 수영 가방과 오리발을 준비해 마지막으로 수영 학원에 갔다. 아니, 수영 수업을 멈췄다. 수영 수업에서 돌아온 아이는 선생님께 언니, 오빠들처럼 키가 크면 다시 배우러 오겠다고 전했다고 한다. 끝이 아닌, 멈춤의 선택지에 대해 선생님의 조언이 있었는지, 온전한 아이의 생각이었는지 캐묻지 않았다. 우리는 그저 그렇게 수영 수업을 멈췄다.

아이는 여러 방식으로 자신의 문제를 함께 고민해달라고 표현했다. 엄마에게 말했고, 일기장에도 자신의 마음을 적었고, 아빠에게도 말했다. 아이는 계속 자신의 마음을 보여줬다. 정작 수영을 즐거워하던 과거의 아이 모습만 생각한 내가 변화된 아이의 현재 감정을 있는 그대로 관찰하지 못했다. 내가 지금, 이 순간을 있는 그대로 바라보려고 노력하니 진짜 출발점에 설 수 있었다. '그 누구보다도 너의 의견을 존중해줄 거야.'하는 자세로 다가가니 아이가 마음을 열었다. 무엇보다 나의 욕구를 정확하게 정립하니 갈등이라고 생각한 것은 문제가 아니었다. 나는 나의 만족감을 충분히 느끼고 아이도 자신의 바람이 이루어져 서로가 WIN-WIN인 행복한 매듭을 지었다.

이날, 나는 나의 감정과 욕구를 분명히 한다는 것이 얼마나 중요한 것인지 느끼는 계기가 되었고, 아이는 자신의 목소리가 부모에게 닿으며 자신이 존중받았다는 느낌을 받은 듯하다. 이후, 아이는 나에게 다가와 이런, 저런 이야기하는 시간이 더 늘어났고, 자신의 감정과 생각에도 더 솔직해졌다. 그 모습은 또래 교우 관계에서도 보였다. 아이는 자신의 감정을 좋다, 싫다가 아닌 다양한 감정 단어들로 정확하게 표현하는 모습이 보였고 친구들의 슬픔과 걱정, 두려운 마음들을 이해해주며 그 자리에 머물러 함께 공감해주었다. 그리고 서로의 의견이 다르면, 틀린 의견이 있는 것이 아니라, 세모와 동그라미처럼 다른 모양의 생각을 하고 있으니, 세모와 동그라미 생각을 어떻게 조화롭게 만들어 더 좋은 생각으로 만들지를 보여주었다.

조금 더 도움이 되면 좋겠다는 바람을 가지고, 내가 과거에 사용한 대화법과 달라진 지금의 대화법을 간단히 정리했다.

관찰) 나의 감정과 생각을 덧씌우지 않고 눈에 보이는 그대로 객관적인 사실만 나열한 것으로 해결된 책상 정리

관찰 + 감정) 빙산의 일각인 '화'간 아닌 그 안에 담긴 '걱정'이라는

진짜 감정을 표현한 준비물 챙기기

관찰 + 감정 + 욕구) 아이의 행동을 비난하지 않고, 평소와 다른 나의 몸 상태와 욕구를 솔직히 전달하며 원만하게 독서량을 줄인 잠자리 독서 시간

관찰 + 감정 + 욕구 + 부탁) 관찰, 감정, 욕구, 부탁을 솔직하게 전달하며 원만하게 잠을 자러 간 날의 대화

	과거	현재
관찰	이렇게 어질러진 책상에서 집중이 되니?	책상 위에 아침에 사용한 미술놀이 용품이 그대로 놓여있네.
관찰 + 감정	내일 선생님께 혼나고 싶어? 빨리 가방에 줄넘기 넣어.	줄넘기가 지금도 책상 위에 있네. 엄마는 네가 줄넘기를 안 가지고 가서 선생님께 혼나지 않을까 걱정이 돼.
관찰 + 감정 + 욕구	지금 시간이 몇 시인데 책을 4권이나 들고 와?!	지금은 9시 30분이야. 책을 4권이나 들고 와서 당황스럽네. 오늘은 엄마가 새벽에 일어났더니 피곤해서 일찍 잠을 자고 싶어.
관찰 + 감정 욕구 + 부탁	지금 시간이 몇 시인데 아직도 양치를 안 했어? 오늘 일찍 일어나서 피곤하다며. 빨리 잠잘 준비해.	8시 30분이다. 늦게 자면 내일도 오늘처럼 피곤할 것 같아 걱정되니, 오늘은 일찍 자면 좋겠다. 지금 엄마랑 같이 양치질하고 잘 준비할까?

'나'를 알고 이해하며
사랑하다

   나를 알고 이해하며 사랑하는 지금-여기에서 아이를 온전히 공감하고, 무조건적이며 긍정적인 존중으로 사랑하기를 바란다. 그리고 함께 성장하며 꿈꾸기를 바란다.

   엄마로 살아가는 인생은 다사다난(多事多難)하다. 그런 엄마의 인생에서 모두가 공통으로 만나는 아이들이 있다. 바로 세상 떠나가라 우는 아이, 꽃보다 더 환하게 웃는 아이, 천사처럼 자는 아이다. 이런 아이들이 학원을 가기 시작하면, 꼭 한번 만나게 되는 아이가 또 있다. 바로, '학원 가기 싫은 아이'. 나도 여느 엄마들처럼 학원 가기 싫은 내 아이를 만났다.

   학원 가기 싫은 아이라는 표현 자체가 내가 말하고자 하는 의도와 어긋나는 어불성설로 보인다. 이 또한 내가 그동안 내 아이를 내가 정해 놓은 틀, 내 가치관 안에서 바라보았다는 민낯이다. 내가 쓰고 있던 뿌연 안경을 벗으니 지금, 이 순간 있는 그대로의 아이가 온전히 보이기 시작했다. 과거에는 수영이 재미있고 좋았으나, 지금은 접영이 힘들고 버거워 수영 자체가 싫어지기 시작한 8살 아이가 서 있었다. 그리고 다양한 방법으로 여러차례 목소리를 내지만, 엄마에게 닿지 않아 고개를 떨구던 아이, 드디어 엄마에게 닿은 목소리에 환하게 미소짓는 아이가 존재했음을 깨달았다. 아이는 이리도 맑고 투명하게 자신의 감정과 생각을 내어 비쳤는데, 나는 왜 발견하지 못한 것일까?

이는 아마도 내가 쓰고 있던 가면들에 파묻혀 '온전한 나'라는 존재는 잃어버리고 중심을 잡지 못했기 때문이다. 아니, 어쩌면 나를 잃어버렸다는 사실조차 모르고 살아왔기 때문일지도 모른다. 존재론적인 거창한 의미가 아니다. 내가 무엇을 어떻게 느끼는지 내 감정과 욕구에 무뎌진 것을 뜻한다. 단순히 내가 어떤 음식을 좋아하는지, 지금 내가 먹고 싶다고 말한 음식이 진짜 내가 먹고 싶은 음식인지, 아니면 아이에게 맞춰진 음식인지도 모르고 살아왔음을 의미한다. 이는 학습되어 여러 해를 거쳤고, 습관이 되어 지금 내가 무엇을 느끼고, 무엇을 바라고 있는지 인지하지 못했다.

자신의 감정과 바람을 모르는 상태는 내 태도와 대화에서도 나타났다. 나는 항상 나의 의사보다 타인의 의사를 먼저 물어봤고, 배려라는 프레임으로 나의 감정은 꾹꾹 눌러 놓고 동의하는 태도를 보였다. 대화에서도, 나의 감정임에도 "좋아, 싫어"가 아닌 "좋은 것 같아. 싫은 것 같아."하고 말하는 버릇이 있었다. 이는 모닝 페이지에서도 발견되었다. 나는 나의 감정과 생각을 '~한 것 같아.'라며 불분명하게 표현하고, 심지어 주어인 '나는. 내가'라는 표현이 수없이 빠져 있었다.

이렇듯 내 감정을 충분히 느끼고 구체적으로 표현하지 않다 보니, 어느새 나는 그동안 자신의 감정을 정확히 알지 못했다는 생각이 든다. 당연히 정확히 알 수 없으니, 점차 표현도 못 한 것이다. 내가 내 감정에 무뎌지는 삶에 익숙해지니 내가 무엇을 원하는지 그 욕구도 정확하게 알지 못했다. 그렇게 나는 나의 감정과 욕구에 무뎌지며, 나를 잃어갔다. 흐려진 나라는 존재처럼, 흐리고 탁한 눈으로 아이를 바라봤으니, 아이가 온전히 보이지 않은 것이다.

이랬던 내가 '코로나 팬데믹'이라는 새로운 세상에 갇혔다. 세상은 문이 닫히고 불이 꺼졌다. 밖으로 난 길을 나갈 수 없으니, 내 안에 난 길에 집중하게 되었다. 다르게 표현하자면, 나는 밖으로 나가 타인과 관계를 맺을 수 없으니, 내 안의 나와 관계를 맺었으며 나를 알아갔다. 나, 자신과 깊은 관계를 맺기 위해서는 내가 누구인지 알아야 했기에 끊임없이 '나는 누구인가?'에 대한 질문을 던지며 답을 찾았다.

그렇게 나, 자신을 알아가려는 시간을 걷자, 다양한 우연이 찾아왔다. 「랜선 새벽도서관」을 만나 기상 시간을 앞당기며 물리적으로 내 시간을 만들었고, 내 시간 속에서 나는 아이를 위한 독서가 아닌 나를 위한 독서를 시작했다. 그리고 추천받은 『아티스트 웨이』 도서를 통해 「모닝 페이지」를 만났고, 덕분에 예전의 나, 지금의 나를 구체적으로 기록하며 관찰하는 기록의 습관을 만들어주었다. 그리고 또 다른 우연, 「부모교육코칭전문가」 과정을 통해 나는 나를 세상의 관점이 아닌, 새로운 나의 관점으로 바라볼 수 있었다. 또한, 감정과 욕구를 진솔하게 표현하는 용기와 존재 자체로 듣고 마음으로 이해하는 공감 대화를 배웠다. 우연들이 우연히 이어져 인연이 되었고, 이 인연들로 어제보다 성장한 내가 서 있다.

이러한 인연을 만든 것은 아이가 내게 물은 '꿈'에 관한 질문이 중요한 계기였다. 그래서 나는 아이에게도 꿈이 중요하지만, 엄마인 우리에게도 꿈은 꼭 필요하다는 생각이다. 아이의 꿈을 돕고자 노력하던 내가 접어 두었던 나의 꿈을 되찾았고, 그 꿈을 내 스타일로 발전시키고자 하는 그 모든 것이 엄마의 꿈, 자신의 꿈, 꿈에서 비롯됐다 여긴다.

그런 나의 경험을 나누며, 이 세상 모든 엄마가 자신의 꿈에 관해 고민하면 어떨까? 하는 질문을 던진다. 아이의 꿈이 아닌, 자신의 꿈을 찾고, 자신의 꿈을 꾸기를 바란다. 그러기 위해 자기 자신에 대해 알아가는 시간을 갖기를 바란다. 내가 무엇을 좋아하고 싫어하는지, 무엇을 잘하고 부족한지, 그렇게 자기 자신에 대해 많이 알고 이해하며 그 모든 나를 사랑했으면 한다. 엄마인 내가 자기 자신을 사랑하는 것은 아이와 남편을 뒤로 미뤄두고, 나 자신만을 생각한다는 이기심을 의미하지 않는다. 자기 자신을 스스로 사랑하고 가치있다 여기면, 남도 똑같이 가치있고 사랑스럽게 여길 수 있다는 의미다.

내가 내 인생에 나를 세울 수 있도록, 이 세상에 단단히 뿌리내려 흔들리지 않도록, 악기 연주법을 배우듯 나를 알고, 이해하며 사랑하는 방법을 배우면 좋겠다. 그리하여 나뿐만 아니라 내 아이를 온전히 공감하고, 무조건적이며 긍정적인 존중으로 사랑하면 좋겠다. 이를 바탕으로 함께 성장한 부모와 아이의 관계가 건강하기를 바란다. 더 나아가 이 건강한 관계의 배움이 나와 너, 우리를 넘어서 온 세상을 조화롭고 평화롭게 했으면 하는 것이 나의 큰 바람이다.

오늘도 행복한 나 너 우리

나는 아이에게도 꿈이 중요하지만,

엄마인 우리에게도 꿈은 꼭 필요하다는 생각이다.

아이의 꿈을 돕고자 노력하던 내가 접어 두었던 나의 꿈을 되찾았고,

그 꿈을 내 스타일로 발전시키고자 하는 그 모든 것이

엄마의 꿈, 자신의 꿈, 꿈에서 비롯됐다 여긴다.

Part 3

그녀들의 이야기
-마음과 마음이 이어지는 대화

송수영

아이가 초등학교 입학하면 모든 게 자유로워질 줄 알았다. 잠자리 독립, 스스로 공부 등. 하지만 내가 만난 현실은 기대와 달랐다. 새로운 세상과의 만남은 그동안 내가 가지고 있던 삶의 방식과 사고를 흔들어 놓았다. 한 아이의 부모로서 나를 돌아보고 성장하지 않으면 아이와 소통하는 방식, 교육 등에서 갈등이 생길 것 같았다.

평상시 학교 e알리미로 온 교외 안내문은 건너뛰기 일쑤였다. 그러던 중 정말 우연히, 그날따라 지나쳤던 알림을 다시 보게 되었고, '부모교육코칭전문가 자격증 과정'을 만나게 되었다. 만났다고 된 건 아니었다. 약 40대 1의 높은 경쟁을 뚫고 이 과정에 참여하게 되었다. 나는 하늘의 인도하심이라 여긴다. 이 배움의 과정을 마치며, 배움의 여정을 글로 표현하는 순간까지 오게 되었다.

　글이라는 게 그렇다. 글을 쓴다고 하면 커다란 벽 같다가도 쓰면 쓸수록 자신을 객관화하게 된다. 이 글이 그렇다. 나의 인생에 대해, 아이의 인생에 대해 객관화하며 서로가 철저한 타자(他者)임을 인식하게 되고 겸손하게 된다. 그 인식 속에 나를 '그녀 S'로, 아이를 '그녀 J'로 표현하여 글을 써 내려간다. 우리의 마음 안에는 다양한 욕구들이 존재한다. 때로는 그 욕구들이 서로 달라 충돌, 갈등이 일어나기도 한다. '그녀들의 이야기- 마음과 마음이 이어지는 대화'는 그녀들 각자의 삶을 전지적 작가 시점에서 살펴보고 그녀들 마음에 담긴 욕구, 욕구 갈등의 이야기를 풀어나가는 구조이다.

　때로 삶의 자리에서 오는 깊은 갈등으로 인해 괴로움에 처해 있을 때 거리두기, 자신에게 타자가 되어 그 모습을 바라본다면 감정에 휘몰아치지 않게 되는 듯하다. 인간의 삶을 살아가는 우리는 모두 철저히 타자인 사람들과 한평생을 살아간다. 그들과 함께 그려가는 인생이 즐겁고 행복하길 바라는 마음이다.

　나이의 앞자리가 바뀌는 시점에서 배움의 길을 인도하신 하늘 아버지께 감사하다. 그리고 감정의 소용돌이 속에서도 개인의 속도를 인정해주시고 격려하고 응원해주시며 한 단계 더 도약하도록 끌어주시는 소장님께 감사의 인사를 드린다.

비대면 상황 속에서도 각자의 부모 자리에서 변화와 성장의 열망을 꿈꾸는 선생님들, 또 글쓰기를 통해 각자 삶의 이야기를 토닥여주고 세워나갈 작가님들에게 고마움을 전한다.

그녀 J의 이야기
에너지 가득, 그녀 J

'기쁨', 그녀 J의 태명이다. 다른 임신부들에 비해 월등히 넓은 아기집 평수를 지녔음에도 불구하고 발길질이 예사롭지 않았다. 분명 배 오른쪽에 볼록 튀어나온 발이었는데 어느 순간 왼쪽을 향해 쑥 지나갈 때면, '나중에 엄청난 에너지를 발산하겠구나.' 생각했었다. 그 예감은 틀리지 않았다. 신생아 때부터 먹는 스케일이 남달랐다. 분유 120ml를 꼴깍꼴깍 마셔댔다. 조리원을 나올 때 신생아실 담당 선생님이 "분유 제일 잘 먹은 아이가 가네요."라며 마지막 인사를 건네셨다.

배만 부르면 잘 놀고 잘 자는 그녀 J는 아장아장 두 발로 걷기 시작한 순간부터 식사를 마침과 동시에 좁은 현관문 앞에 앉아 바깥 공기를 그리워하였다. 종종 또래들과 함께하는 모임에서 친구의 새로운 간식에 관심을 보이며 열심히 간식 그릇을 비워주었다. 눈에 보이는 모든 것에 호기심을 가졌고, 직접 만져보며 느껴야 하는 아이였다. 심지어 식당에서도 주변 사물과 사람들에게 눈을 떼지 못해 엄마인 그녀 S를 안절부절못하게 했다. 그녀 S는 에너지 넘치는 그녀 J와 즐거운 생활을 누리기 위해 아침밥을 먹은 후, 간식과 도시락을 싸서 그녀 J를 유모차에 태우고 도서관, 미술관, 마트, 공원 등으로 하루에 3~4시간 이상을 바깥에서 생활하였다. 그렇게 그녀 J는 잘 먹고 잘 자고 씩씩하게 자라 부모의 기쁨이 되어 주었다.

그녀 J가 2번째 생일을 맞이했을 때이다. 그녀 S는 대학원 논문 마지막 학기를 마무리하기 위해 그녀 J를 갑작스럽게 어린이집에 입소시켰다. 그녀 J는 그녀 S와 예기치 못한 분리로 당혹스러웠으나 어린이집의 모든 활동에서 적극적인 모습으로 잘 적응해주었다. 에너지 가득 찬 그녀 J이지만 엄마의 품은 늘 그리웠나 보다. 밤낮으로 논문을 쓰는 그녀 S가 그녀 J를 재우고 책상 앞에서 논문에 집중하고 있으면 신기하게도 새벽 2~3시경에 깨어 그녀 S를 찾아왔다. 그녀 S의 품에서 다시 자거나 옆에 이부자리를 펼쳐두면 그곳에서 잠을 청하며 그녀 S의 곁에서 함께했다. 그녀 J에게 그녀 S는 커다란 존재였나 보다. 깜깜한 밤에 엄마 품이 그리워 방문을 열고 찾아온 그녀 J의 모습을 생각하면 지금도 그녀 S는 울컥한다.

에너지 넘치는 그녀 J

아빠의 직장으로 인해 다른 지역으로 이사를 가더라도, 그녀 J
는 새로운 세상에 대한 호기심으로 잘 적응하며 즐겁게 생활했
다. 그녀 J는 그녀 S와 함께 버스를 타며 그 지역을 누볐다. 직접
버스 카드를 찍어보기도 하고, 길가 공중전화기 부스에 들러 그
녀 J의 아빠에게 전화하며 엄청난 희열을 느꼈다. 조그만 놀이동
산에서도 몇 개 안 되는 놀이기구를 타며 즐거워하고 그곳의 공
기만으로도 행복한 시간을 보냈다. 도서관에 가면 책도 책이지
만 컴퓨터 앞에서 직접 키보드와 마우스를 만져보았다. 유아실

이 아닌 주변 언니 오빠들의 모습을 보며 자신도 직접 의자에 앉아 책을 읽어야 할 정도로 직접 만져보고 해보아야 직성이 풀리는 성격이었다.

그녀 J에게 그녀 S와 하고 싶은 일이 무엇이냐고 물으면 한동안 '도시락을 싸서 소풍 가는 거예요.'라고 말할 정도로 도시락 먹으며 바깥 공기 마시는 활동을 좋아했다. 그녀 S가 집에 와서 놀이할 때도, 낮에 보았던 장면이나 경험했던 것을 인형과 놀이하면서 표현했다. 찡얼거리다가도 밖에 나가자고 하면 금세 기분이 좋아져서 신나게 놀이했었다. 세상이 함박눈으로 하얗게 되던 날, 그녀 S는 그녀 J를 데리고 근처 고등학교 운동장으로 향했다. 어둑어둑해지는 상황이지만, 완전 무장한 채, 가져간 눈썰매를 타고 눈사람을 만들며 동화 같은 새하얀 세상에서 둘만의 행복한 시간을 보냈다.

그녀 J는 놀이에 진심이다. 많은 아이들이 그렇겠지만, 특히 인형 놀이에는 진심이었다. 7세 때에는 다**에서 구매한 색칠북을 직접 색칠하고 전부 가위로 오려 종이 인형으로 만들어 놀이했었다. 그렇게 몇 권을 직접 색칠하고 오리고 이불 위에 펼쳐 놓으며 인형 놀이 삼매경에 빠졌었다. 심지어 투명 파일 홀더에 모아 어린이집에 가져가서 친구들과 놀이할 정도였다. 담임선생님도 그녀 J의 몰입에 놀라셨을 정도였다.

그러나 잠이 오면 그동안 어디에 감췄는지 보이지 않던 뾰족뾰

족 송곳 같은 마음이 튀어나와 함께 놀던 친구나 언니들을 당혹
스럽게 만들기도 하였다. 그녀 S는 그 갈등이 싫어 낮잠 시간만
되면 그녀 J를 벗들에게서 분리시키고, 낮잠을 재우기 위해 안간
힘을 썼다. 그 낮잠과의 사투는 낮잠이 사라진 6세 전까지 한동
안 계속되었다.

사랑스럽고 소중하며 존재만으로 기쁨인 그녀 J이고, 그녀 J가
가진 에너지와 활동에 대한 욕구가 한없이 사랑스럽고 상상의
날개를 달아 주고 싶다가도 그녀 S의 현실에서는 종종 버거울 때
가 있었다.

그녀 S의 이야기
꿈 많은 막내, 그녀 S

그녀 J의 에너지 넘치고, 활동의 욕구가 많은 모습을 보며, 그녀 S는 자신의 어린 시절과 마주하게 된다. 친정 식구들도 그녀 J의 모습을 보면서 그녀 S의 어린 시절을 보는 것 같다며 종종 말씀하시곤 했다.

그녀 S는 4자매의 막내로 부모님의 말씀을 잘 듣는 착한 아이로 자랐다. 하늘을 보면 마냥 설레고, 들판의 계절 변화를 보며 그 너머에 있는 인생의 의미를 즐기면서 살아가기 좋아했다. 수동적 삶을 살아가기보다 즐거움과 의미를 찾고 활동하는 아이였다. 학교 수업 시간에 이루어지는 만들기는 자신이 직접 구상해서 만들었다. 전등갓은 집에 있는 철사로 틀을 만든 후, 한지를 붙여서, 행글라이더는 나무젓가락과 플라스틱판으로 만들었다. 한지 공예를 할 때는 흔한 다각형 보관함이 아니라 한옥 모양의 방향제 케이스로 만들었다. 명도·채도· 대비 막대는 육면체로 디자인하여 미술 선생님이 눈여겨보시기도 하였다. 생각해 보면 '남들보다 잘해야지'하는 마음이 아니라 활동이 주어졌을 때 즐겁고 재미있게 그 시간을 즐기며 자신만의 동기부여를 가지고 임했던 것이다.

학교에서 가는 소풍, 수학여행, 수련회 등은 새롭고 신나는 경험이었다. 국민학교 시절, 전교생 100여 명이었던 학교는 그녀 S의 놀이터였다. 소풍과 운동회 날이면 새벽부터 김밥 싸는 엄마 곁에서 김밥 꼬투리를 먹으며, 131 기상 센터에 연락해 일기예보도 체크하고, 학교 주사님이 계시는 곳에 연락하여 운동회와 소풍 일정에 차질은 없는지 확인할 만큼 온통 설렘으로 가득했다. 운동회 전날에는 언니와 함께 전지에 동요 개사를 써가며 응원가를 만들었고, 운동회에서는 자신이 속한 팀을 열심히 응원하였다. 또 철 따라 호미 들고 학교 잡초를 제거하고, 수건으로 걸레를 만들어 친구들과 나란히 줄 맞춰 복도와 교실 바닥 왁스칠, 초칠도 하였다.

시골 자연 속에서 유유자적하게 살아가며 선행 학습은 남의 이야기였고, 살아가면서 깨닫는 이치와 배움이 학교 수업에서 연결되었을 때 배움의 즐거움과 기쁨을 몸소 느꼈다. 그러다 보니 학교생활은 온통 신나고 즐거웠다. 중고등학교 시절은 선도부, 재활용 담당, 역사 부장, 부실장, 중간 체조 시간, 교가 및 애국가

지휘, 중창단, 합창단 등 다양한 활동을 즐겁게 하며 학교생활을 하였다. 하지만 시내 중심가에서 중고등학교를 다니다 보니 학업의 결이 나와 달랐고, 기초가 없었던 특정 과목에서는 배움의 시간이 길어질수록 한계를 경험하게 되었다.

그녀 S의 부모님은 시골에서 농사를 지으며 삼시 세끼 먹고 무탈하게 생활하면 감사함으로 여기셨다. 새벽에 일어나 밥 먹고 일하고 정리하고 잠을 자는 단순 반복되는 일상으로 생활 반경이 크지 않은 삶을 사셨다. 가족의 대화는 주로 "밥 먹어라.", "다녀왔습니다.", "다녀오세요." 등의 기본적인 대화가 오고 갔다. 집성촌에 거주하였던 부모님은 외지인이었지만 성실과 정직으로 삶을 이어가셨고, 교회 생활을 하시며 관계를 형성해 오셨다. 그러다가도 두 분 사이에 갈등이 생길 때면 집안은 경직된 분위기가 되었다. 막내딸인 그녀 S는 집안의 공기를 일찍부터 파악하였다. 넉넉한 형편은 아니었기에 주어진 것에 감사로 먹고 입고 생활했다. 자신의 욕구를 표현하는 것이 부모의 마음을 아프게 한다고 스스로가 여겼던 것일까? 언제부턴가 자신이 원하는 것을 드러내지 않았다. 친구들 사이에서도 "한 입만 먹어보자~."와 같은 말도 해본 적 없다. 그렇게 자신의 욕구를 외면한 채 학교처럼 사람들이 많은 곳에서는 바른 생활하는 아이로, 집에 오면 긴장과 고독의 시간을 보내었던 사춘기였다.

그러다 서울로 대학교 진학을 하게 되었다. 자신감 넘치고 활

꿈 많은 그녀 S

기찬 캠퍼스의 공기에 새삼 놀랐다. 그녀 S의 삶의 태도는 경직되고 진지하였지만, 20대 청춘들은 싱그럽고 세상 행복해 보였다. 캠퍼스에서 10여 년의 시간 동안 그녀 S는 기독교 교육 등 학문의 시간과 동기 및 선후배와의 관계, 그리고 동아리 공동체 속에서 자신을 알아가고 보다 넓은 세상과 마주하며 성장해 갔다.

30대 초반, 지금의 남편을 만나 결혼하게 되었다. 결혼 전까지 그녀 S는 자신의 배움을 현장에서 펼치는 꿈 많은 존재였다. 하지만 출산과 함께 현장에서의 존재감은 사라져 갔다. 그럼에도 그녀 S는 남편 직장을 따라 지역을 옮길 때마다 시간적 여유를 활용하여 그동안 자신이 배우고 싶었던 것이 무엇인지 생각해보며 하나둘씩 배워왔다. 재봉틀, 필라테스, 발레 등등. 실은 그녀 S가 그렇게 배움을 이어가는 데에는 그녀 J의 영향이 컸다. 그녀 J가 자라가면서 생기는 욕구와 갈등에 바로 반응하지 못하는 자신을 직면하게 된 것이다. 그녀 S는 그녀 J처럼 호기심 많고 활동의 욕구와 에너지가 많은 아이였다. 하지만 어린 시절 자신의 욕구를 회피하며 살아왔던 상황에서 자신의 내면 욕구를 풀어주는 과정을 통해 그녀 J의 욕구에 반응하고자 한 것이다. 그렇게 그녀 S는 자신에 대해 반응해가며 엄마의 역할을 즐겁게 감당하기 위해 조금씩, 조금씩 성장하고 있었다.

그녀들의 갈등
욕구와 현실 사이에서

그녀 S는 학업의 과정과 사람들과의 관계, 엄마의 자리 등 다양한 배움을 통해 거듭되는 성장을 하고 있었다. 완벽함은 없다고 했던가? 아이의 초등학교 입학이라는 변화 속에 새로운 갈등을 마주하게 되었다.

올해는 그녀 J가 어린이집을 졸업하고 초등학교 문턱을 밟은 해이다. 언니가 된다는 설레는 마음을 잔뜩 안고 살아가던 그녀 J는 입학식 날부터 등교 날 수를 세면서 학교에 갔었다.

집 현관문을 나서면 해맑은 목소리로 이렇게 말했었다.

"엄마! 오늘은 학교 간 지 2일 되는 날이에요."

"엄마! 오늘은 학교 간 지 10일 되는 날이에요."

자신이 학교 다니는 언니가 되었으며 새로운 세계에 접어들었다는 사실을 정말 좋아했고 마냥 신나 했다. 그녀 J에게서 학교

갈 때 신나고 행복해하는 모습을 볼 때면, 그녀 S는 자신의 어릴 적 모습을 문득 떠올려 보곤 했다. 표현할 수 없는 감동이 밀려왔다. 아이의 학교 가는 뒷모습을 바라보며, 아이의 앞길을 조용히 축복해주었다.

하지만 자신의 기대와 달리 초등학교에서 마주한 현실은 달랐었나 보다. 친구들과 어울리고 싶었으나 그녀 J보다 운동신경이 발달한 친구들에게 다가가지 못하고 부러움의 눈빛으로 그들을 바라보았다. 그녀 S가 바라본 그녀 J는 무척 안쓰러웠다. 이 정도면 괜찮겠다고 여겼던 한글 학습이 학급 아이들의 현실과 달라 학습 면에서도 힘들어했다. 수업 시간에 자신의 생각을 제대로 쓰지 못한 그녀 J는 수업을 버거워했고, 활발하고 에너지 넘치는 모습은 사라지고 수업 시간에 입을 다문 채 조용한 아이로 살아갔다. (2학기에는 많이 나아졌다.^^)

그녀 J의 의욕이 마주한 현실은 생각보다 거셌다. 하교 후 그녀 J는 친구들과 함께 놀이터나 집에서 즐거운 시간을 보내고 싶었다. 초반에는 그녀 J의 욕구에 반응해 주었지만, 지속적인 요구에 그녀 S는 재택 업무와 육체적, 정신적 피곤 속에 '하교 후 곧장 집으로'라는 욕구를 강하게 내비쳤다. 결국 그녀 J는 친구들과 시간을 자주 보내지 못하게 되었다. 이처럼 그녀들 각자 마음에 담긴 욕구는 달랐으며 현실과 서로의 욕구가 자주 부딪혔다.

호기심 많고 욕구가 많은 그녀 J가 초등학교에 입학할 때의 설
렘과 기대감은 점점 사라지고, 어느 순간부터 "엄마, 저, 학교 안
다니고 싶어요. 저, 집에서 쉬면 안 돼요? 저, 그냥 엄마가 집에서
공부 가르쳐 주세요."라고 이야기하며 등교 거부를 표현했다. 그
녀 S는 그녀 J의 표현 속에 무엇인가 있다고 느끼며 마음을 종종
물어보았지만, 삶의 패턴은 크게 변하지 않았다. 그녀 S에게 초
조와 두려움이 엄습했다. 이 감정은 초등학교 자녀를 둔 엄마라
면 한 번쯤은 겪는 소용돌이인가 보다. 하교 후에 이어지는 해야
할 일(예습 복습) 리스트는 그녀 J에게 학교 수업에서의 긴장감을
풀지 못한 채 계속되는 과도한 스트레스가 되었고, 잠을 청하는
순간까지 집안에 버럭 호랑이가 왔다 갔다 했었다.

　　설렘으로 시작한 초등학교
생활은 점점 그녀들 사이에 두
려움과 갈등 등으로 마주하게
되었다.

놀이터에서 그녀 J

그녀 S의 변화를 향한 갈망
이대로는 살 수 없어!

그녀 J는 한글을 배우고 입학했으나 반 아이들과 학습의 격차가 있었고, 읽고 쓰기가 약하자 소극적인 아이로 변하였다. 학급 상담 시간에 담임선생님은 그녀 J의 읽기 능력 부분을 언급하셨다. 조급한 마음에 서점으로 가 교과서를 사서 하나씩 천천히 공부했다. 불안한 마음이 담긴 그녀 S의 학습법은 때로는 재미있기도 했지만, 불쑥 튀어나오는 그녀 S의 불안함이 그녀 J에게 부담감으로 다가왔다. 그녀 J가 말했다. "엄마가 하는 말이 무슨 말인지 모르겠어요." 열심히 설명한 그녀 S는 그 소리에 절망했다.

그녀 S는 친언니와의 통화에서 이 부분을 어떻게 풀어야 할지 나누었다. 마침 아이들 한글 학습 지도 경험이 있는 언니의 친구를 소개시켜 주었다. 언니의 친구에게 주 2회 한글 수업을 받게 되었다. 차를 타고 다른 지역으로 가야 했지만, 단순히 한글 배움만이 아니었다. 언니의 친구는 그녀 J의 눈높이에서 이야기를 들어주고 격려해주며 그녀 J의 마음을 녹여주고 있었다. 충분히 그녀 J가 잘하고 있다며 칭찬과 응원을 아끼지 않았다. 또 오랜 시간 타지에서 홀로 육아와 살림을 하며 워킹맘으로 살아가는 그녀 S를 따스하게 다독여주고 공감해주었다. 한글 수업을 하러 가는 길이 마치 그녀 S와 그녀 J는 여행 가는 발걸음, 치유의 시간이었다. 그녀 S는 배움의 여정에 대해 조급해하지 말고 아이의 성향과 속도에 민감하게 반응해주어야겠다고 생각했다.

또 그녀 S에게 성인 그림책 모임이 연결되어 5주 동안 꿈같은 시간을 갖게 되었다. 그녀 S 안에 감춰진 에너지가 꿈틀거리고 있음을 발견했다. 일면식이 없는 선생님들을 ZOOM으로 만났음에도 불구하고 서로 격려해주며 응원해주는 그 시간이 그녀 S에게 큰 힘이 되었다. 해야만 하고 감당해야 할 삶의 자리를 지켜내느라 정작 자신의 마음을 돌아보거나 표현해 보지 못한 것이다. 저녁에 이루어지는 모임이었지만, 그림책이라는 도구를 통해서 자신의 마음을 알아가고 표현하는 시간이 그녀 S에게는 쉼과 에너지를 채우는 시간이었다. 모임을 통해서 자신을 표현하는 도구인 글쓰기를 권면 받았다. 그러나 글쓰기의 중요성은 알지만 막상 몸이 움직여지지 않았다. 건드리면 툭하고 터질 것 같은 상태로 빵빵하게 가스만 가득 채운 채 수개월을 보냈다. 몇 번의 만남을 통해 그녀 S의 마음을 어르고 달래며 토닥이는 시간을 갖게 되었다. 일상에서 그녀 J와의 관계에서 오는 긴장감은 여전했다.

그러다 시간은 흘러 여름의 끝자락에 이르게 되었다. 학교 e알리미를 통해 '부모교육코칭전문가 자격증 과정'을 알게 되었다. 교외 알람은 건너뛰기 일쑤인데, 유난히 그날따라 다시 보게 되었다. '이대로는 살 수 없어!' 하는 마음속 변화를 향한 강한 갈망이 있던 차에 커리큘럼을 보았다. 부모인 자신을 알아가고 자녀와의 관계를 다루는 일정이 마음에 와닿았다. 학령기 자녀를 둔 부모로서 단순히 아이를 변화시키고자 하는 마음보다, 부모인 자신을 알고 성장하고픈 마음이 컸었다. 마감 직전 신청하였다. 신청하면 다 수강할 수 있는 게 아니라 추첨제를 통해서 가능하고, 과정 이수 후 시험을 통해 자격증이 발급된다는 부분이 나중에 보였을 정도로 그녀 S에게는 변화가 우선이었다. 약 40대 1의 높은 경쟁률을 뚫고 '부모교육코칭 전문가 과정'을 시작하게 되었다.

'자신의 욕구-기질-발달이론-대화법' 등 다양한 영역에서 앎과 자기반성 및 통찰을 통해 알아가는 시간이었다. 때로는 감추고 싶었던 과거를 만나 아프기도 했으며, 자기 자신을 인정하기 싫어 소극적 참여로 반항했던 때도 있었다. 하지만 함께 한 선생님들의 역동과 열정을 보면서 다시 마음을 붙잡고 마지막까지 이르게 되었다.

수업 때 선생님들이 자녀들과 함께 나눈 대화법을 들으며 배움을 바로 적용하는 선생님들의 실천력이 놀라웠다. 늘 분주함 가운데 살아가는 그녀 S는 실천은 뒷전이었다. 하지만 그녀 J와의 관계에서 오는 대화의 갈등은 더 이상 지체하지 못하게 만들었다.

그녀 J의 배움의 여정

그녀들의 대화

마음과 마음이 이어지는 대화

선생님들이 자녀들과 대화하는 내용을 듣고, 수업 시간에 계속 대화에 관해 배우면서 그녀 S는 자신의 대화를 돌아보았다.

대화는 오답 체크?

사실 그녀 S의 대화 방식은 늘 정답을 알려주기 일쑤였다. 특히, 가족들에게는 더 그러했다. 좀 더 멋진 가정을 이루고 싶은 욕구와 바깥에 나가서 좋은 사람이 되어야 한다는 생각에 남편에게도 아이에게도 늘 바른 것을 알려주고자 '~해야 한다'는 식의 대화를 주로 사용했었다. 그녀 S는 자신의 업무에 따라 자녀의 일정을 조율해 왔었다. 충분히 듣고 공감해주기보다 "엄마는 곧 일을 해야 하니 빨리 마쳐주면 좋겠어.", "이거 빨리 마치고 자료를 넘겨드려야 하니 (엄마가 너의 공부를 옆에서 도와줄 수 있을 때) 네가 공부를 빨리하면 좋겠어." 등 일방적 대화를 주로 사용하였다.

그러다가 강의를 통해 대화법을 접하면서 그녀 S의 대화 방식을 생각해보는 계기가 되었다. 문득 그녀 J의 입장이 되어 생각해보니 그동안 그녀 S의 방식은 그녀 J를 위한 대화가 아니라 일방적이고 지시적이었다. 마음의 여유가 없다 보니 조급함으로 그녀 J를 대하고 있었다. 또 그녀 S는 그녀 J를 하나의 인격체로 여기기보다 자신의 통제 아래 두고자 했던 것을 발견하게 되었다.

늘 갈등이 생기는 부분은 바깥 놀이와 공부였다. 그녀 J는 하교 후에 친구들과 놀고 싶은 욕구와 공부 사이에서 갈등이 컸었다. 그녀 J는 친구들과 놀고 싶었으며, 그녀 S는 공부가 우선이었다.

평상시 대화는 이렇게 오고 갔다. 집으로 돌아가는 길에

"딸, 집에 가면 뭐 해야 하지?"

"씻고, 공부하고… 엄마, 나 친구들이랑 먼저 놀면 안 되나요?"

"응. 바로 공부해야 해. 엄마는 오늘 저녁까지 일을 마쳐야 해."

하굣길 대화에서 그녀 J는 어떤 기분이었을까?

마음과 마음 이어가기

배움의 주차가 더해 갈수록 선생님들의 생생한 대화법 후기가 그녀 S의 마음에 울림이 되었을까? 어느 날 아이의 하교 후 시간

을 위해 업무를 부지런히 하고 마음의 여유를 가지고 교문을 향했다. 그날의 대화는 그녀 S에게 내면에서부터 밀려오는 잔잔한 감동을 느끼게 했다.

하교 후 간식을 먹으며 물었다.

"딸, 언제 공부하고 싶어?"

"음… 내가 충분히 쉬고 나서 하고 싶어요."

"그래. 네가 충분히 쉬었다고 생각하면 공부를 시작해. 엄마는 그동안 엄마 일하고 있을게."

이날따라 아이를 재촉하고 싶은 마음이 없었고, 아이를 기다려줘야겠단 마음이 들었다. 거의 한 시간이 지났을까?

"엄마, 저 이제 공부 할래요."

하며 자신이 해야 할 공부 책들을 챙겨서 의자에 앉았다. 자신이 스스로 결정하니 평상시와 다르게 공부를 진행하는 동안 '집중해라', '빨리하자', '시간 없다' 등 부정적이거나 재촉하는 표현은 거의 사용하지 않았다. 공부를 수행해 내는 몰입도와 능력이 평상시와 다르다는 것을 깨닫게 되었다. 그녀 J의 마음의 표현을 수용 받게 되고, 공감 듣기를 경험하게 되니 행복감이 몰려왔다. 둘 사이에 삶의 선택권이 당사자에게 주어지니 행복감도 절로 찾아온다는 것을 알게 되었다.

어느 순간부턴가 잠자리에서 그녀 S는 그녀 J의 마음을 자주 물었다.

"오늘 학교생활은 어땠어?"

"재미있었어요. 코로나 때문에 쉬는 시간에 친구들이랑 놀 수 없어서 도서관에 책 반납만 하고 왔어요."

"아~ 그랬구나. 코로나가 좀 잠잠해지면 좋겠다."

"네, 그리고요. 학교에서 급식을 먹는데 오늘은 ** 반찬이 나왔어요. 정말 맛있었어요."

그녀 S는 새끼 새가 엄마 새를 향해 쫑알쫑알 외치는 것처럼 자신을 향해 그녀 J가 마음 나눔과 학교생활을 이야기하면 흐뭇한 마음이 들었고 그녀 J의 삶을 축복해주었다.

마음을 표현하는 도구, 역할극

그녀 J는 친구들 사이에서 마음이 속상할 때가 간혹 있었다.

친구들 관계에서 자신의 의사를 표현하기도 하지만 때에 따라 자신의 마음을 잘 전달하지 못한 경우가 있었다. 어느 날 그녀 S는 그녀 J가 종종 선택의 순간에서 친구와 자신의 욕구가 같을 때 자신의 욕구를 잘 전달하지 못한다는 것을 알게 되었다. 그로 인해 그녀 J가 마음이 편치 않다는 것을 느끼게 되었다.

"J야, 너의 마음을 솔직하게 말 하는게 좋아. 나도 이거 해보고 싶어. 이렇게 말이야."

잠시 후, 그녀 J는 그녀 S에게 제안했다.

"엄마, 그럼 엄마가 친구를 해봐요. 내가 한번 말해볼게요."

"응."

그렇게 그녀 J는 그녀 S와 함께 친구에게 자신의 마음을 표현해 보는 역할극을 했다.

그녀 S는 놀랐다. 자신의 마음을 역할극으로 표현해 보는 것은 그녀 J가 먼저 제안한 것이었기 때문이다. 초등학교 1학년 아이가 자신의 마음을 상대방에게 표현하기 위해 역할극까지 진행한다는 게 새삼 놀랍기도 하고 그간 얼마나 자기 마음을 표현하기가 힘들었을까 싶기도 했다. 그녀 S는 마음이 아팠다. 자신이 그녀 J를 억압한 건 아닌가 싶은 생각이 들었다. 마음을 가다듬고 이야기를 이어 나갔다.

"친구라고 해서 무조건 그 친구의 말을 다 들어야 하는 건 아니야. 때로는 못할 수도 있고, 때로는 들어 줄 수도 있지."

"네."

"J 너는 엄청 소중한 존재야. 엄마가 세상에서 제일 사랑해."

"네."

역할극을 한 후 그녀 J가 말을 이어갔다.

"엄마, 내가 이렇게 역할극을 해보지만, 그렇다고 내가 바로 친구에게 이렇게 말할 수 있는 건 아니에요."

"응. 그래. 처음부터 잘할 수는 없어. 하지만 이렇게 조금씩, 조금씩 연습해보면서 너의 마음을 표현하다 보면 어느 순간엔 표현을 잘하게 될 거야."

"네."

"와~! 이렇게 표현해 보는 우리 J 정말 멋지다. 엄마가 안아주고 싶어."

와락~ 그녀 J가 그녀 S에게 안겼다. 품에 안긴 그녀 J가 참 사랑스럽다. 혼자 느꼈을 그 긴장감과 두려움의 크기가 느껴졌고 또 조금씩 자신을 표현하는 그 모습이 대견스러웠다. 그녀 J가 마주하는 세상, 그리고 앞으로 마주할 세상이 어떻게 펼쳐질지 잘 모르지만 이렇게 그녀 J는 조금씩 배워가면서 자라고 있다.

이 일이 있을 무렵, 또 하나의 선택의 과정이 그녀 S에게 있었다. 항상 어떤 제안이 오면 바로 대답하여 나중에 후회할 때가 종종 있었는데, 이번에는 "스케줄을 보고 연락드리겠습니다."라고 시간을 확보한 후, 자신의 욕구와 시간적 여유, 감당해야 할 몫을 체크해 보고 정중하게 거절하게 되었다. 선택의 주도권을 그녀 S가 갖게 되니 마음의 행복감이 절로 찾아왔다.

그녀 S는, 그녀 J가 간식을 먹을 때, 바로 공부 이야기를 하지 않고 오늘 무슨 일이 있었는지, 또는 잠자리에서 그녀 J에게 학교 친구들과 관계 이야기를 물으며 그녀 J의 마음을 만져주기 시작했다. 그러자 놀랍게도 그녀 J가 전보다 더 자신의 마음을 표현하게 되었다. 때로는 '나는 휴식이 필요하다'라는 메모로 자신의 마음을 표현하기도 한다. 또는 상황극을 하며 감정을 표현하고 갈등을 해결하는 방식을 배워가고 있다. 자신의 욕구를 파악하고 마음을 표현하는 나 메시지 대화법이 그녀 J에게 어렵겠지만, 한 걸음씩 나아가는 그 모습이 참으로 귀하게 느껴졌다.

너와 나의 마음 잇기, 대화

그녀 J와의 대화 과정을 통해 깨달은 점이 있다. 대화법을 통해 자신의 욕구를 전달하고 정중하게 상대방에게 부탁하는 것은 자신의 욕구를 파악하기 이전에 자신이 소중한 존재라는 인식이 밑바탕 되어야 한다. 자신의 부탁이 상대방에게 받아들여지지 않는다고 해서 자신의 존재가 거절당하는 것이 아니다. 부탁은 받아들여질 수도, 거절당할 수도 있다. 그것은 상대방의 몫이기에 그 또한 힘들어하지 않아도 된다.

대화란, 단순히 내가 원하는 것을 상대방에게 전달하는 과정이 아니라 자신을 충분히 알아가는 과정(욕구, 기질, 자기 삶의 여정에 대한 수용 등)과 타인에 대한 존중(철저한 타자, 타인의 욕구에 대한 인정), 그리고 환경적 요인(시간적 여유와 성장에 대한 욕구 등)이 필요하다고 여겨진다. 물론 한 번에 대화법을 연마하여 완전하게 이루어지는 것은 아니다. "엄마, 내가 이렇게 역할극을 해보지만, 그렇다고 내가 바로 친구에게 이렇게 말할 수 있는 건 아니에요.”라고 했던 그녀 J의 말처럼 그녀 S 역시 바로 자신의 마음을 능숙하게 표현하지는 못한다. 그녀 S는 그녀 J와의 대화를 위해 마음의 여유, 체력의 여유 배분에 힘쓴다. 또한 그녀 J와의 관계가 철저한 타자임을 인식하려고 한다. 이처럼 그녀들은 성장 과정 중에 있다.

그녀 J가 직접 준비한 간식

오늘 그리고 내일을 향해

세상을 향해 한걸음 한걸음

돌아보면 그녀 S의 삶의 모든 여정이 배움의 한 조각 한 조각 이었다.

특히 한 해 돌아보면 그녀 J의 입학과 한글 수업, 그녀 S의 그림책 모임과 부모교육코칭전문가 자격증 과정, 이 모든 과정을 통해 배우고 성장해 가고 있었다. 오늘도 내일도 여전히 성장의 과정에 있다. 그녀 J와 그녀 S는 함께 성장하고 있다.

지금은 서로가 함께하는 시간이 많지만, 시간이 흐르면 그녀 J 는 그녀 S의 품을 떠나 자신의 주체적인 삶을 펼쳐갈 것이다. 그녀 S는 상상해 본다. 그녀 J가 만날 세상, 자신을 소중히 여기고, 타인을 존중하며 이웃을 섬길 그 아름다운 영혼과 인생을 그려 보며, 그녀 J의 삶을 축복한다. 또 그녀 S가 그려 나갈 세상, 자신의 욕구를 잘 헤아리고 이웃과 조화롭게 세상을 섬겨나갈 인생을 소망해 본다.

엄마가 처음인 그녀 S. 딸이 처음인 그녀 J. 생각해보면 모두가 처음 살아가는 한 번뿐인 인생이다. 그녀들은 서툴지만 솔직하게 자신들의 마음을 나누고 들으며 조금씩 성장하는 오늘을 보내며 그렇게 내일을 맞이한다. 마음과 마음이 이어지는 그녀들의 이야기는 더 풍성하고 아름답게 그려질 것이다.

누군가가 마음과 마음이 이어지는 대화를 위해 무엇을 해야 하냐고 묻는다면 나는 자기 자신을 알아가는 것이 우선이라 말하고 싶다. 스스로 소중한 인격체이고 자신의 욕구를 알며 타자 역시 소중한 존재임을 알아야 한다. 그럴 때, 우리는 대화를 통해 상대방을 통제하거나 분노를 표출하지 않고, 보다 성숙하게 마음과 마음을 이어가며 인격 대 인격으로 대화하게 되고 성숙하게 될 것이다.

여기서 한 가지 또 깨닫게 되는 건 결국 대화란 지속적인 성장의 과정, 자신을 돌아보고 배움의 과정을 거쳐야 한다는 것이다. 다양한 배움을 통한 앎, 그리고 삶으로 연결되는 앎과 삶의 일치를 향해 오늘도 그녀 S는 한걸음, 한걸음 힘차게 나아간다.

Part 4

미술 심리 상담사, 대화법을 바꾸다

오소혜

　코로나로 인해 3년 동안 일상생활의 무너짐을 견디며 2022년을 헤쳐 나가고 있다. 미술 심리 상담 일을 예전부터 해 왔지만 작년과 비교해서 부모교육코칭전문가 자격증을 취득 한 후의 내 인생은 크나큰 전환점을 맞이하게 되었다. 대학원에서 미술 심리 상담 공부를 했던 2년 반이란 시간은 금방 지나갔다. 내가 실제로 상담을 잘 할 수 있을지 걱정도 많이 되었으며 졸업하는 그 순간부터 막막했던 기억이 난다. 그 뒤로도 공부를 꾸준히 했고, 여러 내담자들을 실제 사례로 접하였다. 4년째 상담을 하면서 내공이 점차 쌓여갔지만 무엇인가 부족하다 느끼는 부분이 있었다. 작년에 만난 부모교육 과정을 통해 나에 대해 알아갔던 시간이 있었기에 아이도, 남편도, 타인도 조금씩 더 이해해 나가는 중이다. 앞으로도 내가 맡은 내담자들을 위하여 계속 정진하면서 미술 심리 상담에 최선을 다하고자 한다.

처음 전공으로 유아교육을 하던 내가 왜 상담 공부를 시작하게 되었는지 곰곰이 생각해보았다. '나를 더 잘 알고 싶다.'라는 갈망이 있다는 걸 깨달았다. 이런 성격을 형성하며 자라오게 된 요인은 무엇일지, 주변 사람들은 어떤 이유로 그렇게 행동하는지 알고 싶었다. 새로 발견하게 된 나는 무엇인가를 배우거나 다양한 것들을 하고 싶은 욕구도 많으며, 자존감도 어느 정도 있는 편이었다. 또한 안정적인 것을 추구하며 사람들과의 관계에서 도움을 주는 일에 기쁨을 느낀다. 유치원 교사와는 다른 두 번째 직업으로 갖게 된 미술 심리가 나와 잘 맞는다고 여겨졌다. 하지만 미술 심리 상담은 공부하면 할수록 원래 생각했던 것과 전혀 다르다는 것을 깨닫게 되었다. 미디어에서 주로 보았던 그림에 대해 분석하는 것인 줄 알았는데, 시작해 보니 녹록지 않았다. 상대방의 마음을 알아주고 공감하여 상담을 한다는 것은 오랜 훈련이 필요했다. 확실한 걸 좋아하는 내가 추상적인 미술 심리를 시작했다는 게 새삼 놀랍기도 하다. 상담 분야는 심오하며 끊임없는 노력이 있어야 한다는 것을 뒤늦게 알아차렸지만, 지금은 충실히 임하고 있는 중이다.

대학원 마지막 5학기 차에는 다양한 방면에서 상담의 분야를 늘리고자 놀이 심리 상담에도 관심을 갖게 되었다. 찾아보니 이화여자대학교에 원하는 과정이 있어 매주 토요일 왕복 4시간을 투자해 다니면서 놀이 심리 상담사 자격증을 따게 되었다. 졸업하게 되면 상담을 하는 데 도움이 된다는 선배의 추천으로 스펙을 하나 더 쌓게 된 것이다. 대학원을 마치고 미술 심리 상담사와 놀이 심리 상담사로서 학교나 복지관, 센터에서의 상담 경력을 채워나갔다. 그 이후로도 학기별로 이화여자대학교에서 중간중간 좋은 학습 과정이 있다는 소식이 날아왔다. 출산 후 눈에 띄었던 부모교육코칭전문가 자격증 과정이 인연이 되어 12주간의 교육을 무사히 마쳤다. 육아를 처음 하면서 감정기복도 심해지고 심적으로 힘들게 느꼈던 부분들이 나를 깨우치게 한 부모교육을 통해 해소될 수 있었다. 3개월의 출산 휴가 후, 미술 심리 상담 일을 다시 하게 되는 데에도 큰 도움이 됐다.

2021년, 유난히도 더웠던 여름의 끝자락에서 부모교육코칭전문가 공부를 시작하였다. 울긋불긋한 단풍잎이 떨어지는 가을까지 한 계절을 지나며 시험과 과제로 마무리를 했다. 이제는 따뜻한 온기가 필요한 겨울을 지나 가장 좋아하는 계절인 봄을 맞이하였다. 내가 육아하는 아기는 돌쟁이라 대화법을 적용해 볼 수가 없어 상담하고 있는 학령기의 아동과 함께해 보게 되었다. 배웠던 내용과 관련된 사례의 책을 쓰기로 마음을 먹으면서 대화법을 계속 상기시키는 중이다. 글을 쓰며 바라는 점은 이 글을 읽고 계시는 분들에게 나의 사례가 조금이나마 도움이 된다면 참 감사한 마음이 들 것 같다. 의미 있고 효과적인 의사소통 방식을 알려주시며 짧다면 짧고, 길다면 긴 3개월간의 열정적인 강의를 해 주신 이주연 소장님과 함께 공부한 선생님들에게도 고맙단 인사를 드린다. 마지막으로 나의 성장을 위한 공부와 글쓰기에 집중할 수 있도록 도움을 준 사랑하는 가족 특히 남편과 딸 찰떡이, 엄마, 아빠, 시부모님께도 감사함을 표한다.

이 글에서는 공감 말하기와 듣기의 예시, 학령기의 내담자 아동과 있었던 사례 내용을 쓰게 되었다. 대화 방법의 하나인 '무패 방법'을 사용하여 함께 할 활동을 정해보았다. 현재 미술 심리 상담사로 일한 지 4년 차이고, 가정으로 돌아오면 아내이자 엄마가 된다. 부모교육코칭전문가 과정을 시작했을 때 아기는 생후 4개월. 지금은 막 돌이 지났다. 평소에 마음을 표현하지 못했던 내가 바꿔나가는 소통법을 여러분들과 나누고 싶다. 엄마나 아내가 아닌 상담자로서 대화법을 사용한 부분에 대해 소개하고자 한다. 공부한 대화법은 일상적인 생활뿐 아니라 나의 상담에서도 빛을 발할 수 있기에 활용해 보았다. 학령기의 자녀를 두고 있거나 미래에 학령기가 될 자녀를 두신 여러분이라면 참고하여 적용해 보시길 제안해본다.

K-장녀가 미술 심리 상담과
부모교육코칭전문가 과정을 만나다

    나에 대한 소개를 간단히 하자면 교육자 부모님의 밑에서 태어났고, 4살 터울의 조용한 남동생이 있다. 요즘 자주 쓰는 'K-장녀'라는 말로 나를 설명할 수 있다. 책임감, 겸손함, 습관화된 양보를 한다는 Korea의 앞 글자 K와 장녀의 합성어라고 한다. 맞벌이하시는 부모님 대신 동생을 많이 돌봤다. 어린 시절 부모님의 사랑을 남동생과 나눠 가져야 하다 보니 부족함을 느꼈다. 그래서인지 집에 손님들이 놀러 오신 후, 가야 할 시간이 되면 그렇게 가지 못하도록 울었다고 한다. 남자였지만 너무나도 귀여웠던 동생을 많이 예뻐하며 놀아주곤 했다. 그러나 4년 동안 외동딸로 살다가 남동생이 생겼던 터라 엄마의 사랑을 독차지할 수 없었다. 남동생만 예뻐하는 것 같아 질투하기도 하고 미워하는 감정이 생겼다. 친가와 외가에서 가장 먼저 태어나 친척들의 사랑을 듬뿍 받았지만 그래도 항상 본질적으로 채워지지 않는 무엇인가가 있었다. 30년 정도의 지난날들을 돌이켜 보면 늘 다른 사람에게서 인정받으려고 무던히 애를 썼다. 또한 애정을 충족하기 위해 노력하며 살아왔다.

중학교 때까지는 별 반항 없이 학생에게 주어진 본분인 공부를 충실히 하며 자랐다. 친구들에게도 인기가 있어 반장, 부반장도 여러 번 해봤고 상위권 성적을 유지했다. 고등학교에 들어가면서부터 사춘기가 시작되어 공부가 아닌 다른 것(외모나 연애)에 관심을 가지며 학업에 소홀하였다. 나의 주장이 세지다 보니 부모님과 갈등을 자주 빚곤 했다. 남들보다 뒤늦은 시작이었지만 미술에 대한 나의 진가를 알아봐 주신 고등학교 미술 선생님 덕분에 입시 미술을 시작하게 되었다. 생각해보면 어릴 적부터 만들기나 그림그리기에 소질이 있어 나름 상도 받곤 했다. 수행평가로 그렸던 고등학교 교정의 풍경 그림 하나가 나를 미술 학원에 다니게 하는 계기가 된다. 공부도 하고 밤늦게까지 디자인 대학입시준비를 하며 디자이너가 되겠단 꿈을 키웠다. 하지만 다른 친구들에 비해 나의 노력이 부족했던 것일까? 통학 가능한 대학교들로 상향 조정하여 지원했던 탓이었을까? 원하던 대학 진학에는 실패하고 말았다. 결과는 좋지 않았지만, 그래도 내가 했던 선택을 후회하지 않는다.

좌절된 입시로 인해 한동안 우울한 마음을 가지고 있었다. 하지만 어린이집을 운영하셨던 엄마의 권유로 유아교육의 길에 들어서게 된다. 힘든데도 다시 정신을 바짝 차렸다. 교육자이신 부모님의 명예에 누가 되기 싫었으며 K-장녀로서, 맏이로서 그 의지를 보여드리고 싶었다. 원하는 과가 아닌 대학 생활이었지만 주어진 환경에 맞춰 충실히 공부해 나갔다. 교수님 말씀은 농담이라도 책에 다 받아 적었으며, 빈 노트에는 전공 책 내용으로 도배할 만큼 열심히 공부했다. 학점을 잘 받게 되어 장학금도 받고, 책임감 있게 동아리 생활도 하였다. 그렇게 3년이란 시간이 지나 졸업할 무렵, 다행히 실습을 나간 유치원에서 성실한 모습이 눈에 띄어 바로 취업이 되었다.

대학을 졸업한 뒤, 유치원 교사로 처음 사회생활을 시작했다. 5년 동안 5~7세 아이들과 함께 하면서 궁금한 점이 생겼다. '평소 표현을 잘하지 못하는 아이들의 마음을 어떻게 더 알아줄 수 있을까?' 고민 하다가 심리학 공부를 시작해야겠다고 결심하였다. 일과 학업을 병행하는 건 무리라 생각되어 일을 잠시 쉬기로 했다. 고등학교 때 이루지 못했던 미술과 관련된 꿈을 접목하여 미술치료 대학원에 지원하였다. 서류전형과 면접을 본 후 특수 치료 대학원에 합격해 힘든 과제와 시험도 치러내고 다양한 곳에서의 임상 실습도 하면서 다시 시작한 학교생활에 최선을 다하였다.

대학원을 마치고 학교와 복지관, 센터에서 3년 동안 상담 일을 했다. 그러던 중, 천사 같은 예쁜 딸이 찾아왔고 출산 한 달 전까지 맡은 내담자 아동들을 위해 일하였다. 아이를 낳고 육아를 하는 도중, 우편함에 꽂혀있던 책자에서 부모교육코칭전문가 과정을 소개하는 문구가 눈에 띄었다. 이화여자대학교는 집에서 왕복 4시간 정도는 잡아야 갈 수 있는 거리였다. 강의를 온라인으로 한다는 매력적인 조건이 있어 고민하게 되었다. 인생은 매번 선택의 연속이란 말이 괜히 나온 것이 아니란 걸 느꼈다. 출산 예정일 전날, 오후 9시부터 진통이 시작되어 장장 12시간 동안 이어졌었는데 오랜 진통을 견뎠지만 결국 제왕절개를 했다. 그래서 그런지 몸의 회복 속도는 느리기만 하여 수강을 할지 말지 망설여졌다. 다른 한편으로는 집에서 강의를 들으니 할 수 있을 것만 같았다. 남편과 상의 끝에 결국 수강 신청을 했다. 지금에 와서 생각해 보니 마음속으로는 하고 싶었던 감정이 더 컸던 것으로 생각된다.

초반에는 3시간 동안 노트북 앞에 앉아 있는 것도 버겁고 과제가 매주 있어 힘이 들었다. 병원도 다니고 조금씩 운동을 하면서 몸을 회복해갔다. 강의해 주시는 이주연 소장님을 비롯하여 육아하면서 공부를 병행하시는 인생 선배님들과의 소통으로, 엄마가 되어 혼란스럽고 힘들었던 마음이 괜찮아졌다. 벌써 12주간의 부모교육 과정을 무사히 끝낸 후, 이렇게 글을 쓰고 있다. 강의에서 대화법과 관련된 내용이 마음에 가장 와닿았는데 그 중 공감 말하기, 듣기와 함께 이를 바탕으로 한 무패 방법에 관한 부분을 뒷장에서 이야기해 보려 한다.

너의 마음을 들어줄게
공감 말하기와 듣기

 토머스 고든의 『PET 부모 역할 훈련』 책에서 이야기하는 무패 방법을 진행하기 위해선 '공감 말하기'와 '공감 듣기'가 필요하다. 요즘 부모님들은 전문 육아 서적이나 미디어를 통해 많이 공부하기 때문에 아이의 마음을 공감해 주는 것의 중요성은 익히 알고 있을 것이다. 하지만 실천하는 것이 어려울 때도 많다. 왜냐하면 나의 감정을 다루는 것부터가 난관이기 때문이다. 공감 말하기는 주체가 '나'이고 나의 관점으로 내 감정과 욕구, 부탁을 상대에게 전달하는 것이다. 공감 듣기는 상대방에게 초점을 맞추는 것인데 상대방의 느낌과 욕구를 궁금해하는 마음을 갖는 것이라 할 수 있다. 공감 말하기와 공감 듣기가 된다면 대화하기가 훨씬 편해진다. 나는 평소에 주변 사람들과의 대화 속에서도 듣는 역할을 주로 한다. 내담자 아동들과도 상담 속에서 아동이

하는 이야기를 들은 후, 반응해주려 노력하는 편이다. 아래에서
공감 말하기와 듣기의 예시를 보여드리고자 한다.

＊ 상담자가 준비한 활동이 있는데, 아동이 원하는 활동을 하겠다는 갈등 상황

• **공감 말하기**

- 관찰 : 선생님이 너와 함께 하려고 이 활동을 준비해 왔어. 너는
  다른 활동을 하고 싶다 이야기 하는구나.

- 느낌 : 선생님은 네가 하고 싶은 활동만 하려고 하는 느낌이 들
  었어.

- 욕구 : 선생님이 원하는 것은, 네가 원하는 것과 선생님이 준비한
  활동을 둘 다 하는 거야.

- 부탁 : 선생님이 제안한 말을 들었을 때, 넌 어떤 생각이 들었니?
  우리 둘 다 원하는 방법을 같이 해 볼 수 있을까?

• **공감 듣기**

- 관찰 : 네가 선생님이 하자는 활동에 관해 들었을 때 당황한 모습
  을 보이는구나.

- 느낌 : 너는 네가 원하는 활동을 하지 못하면 속상하다고 느끼니?

- 욕구 : 네가 하고 싶은 활동을 하는 것이 중요하구나.

- 부탁 : 너는 선생님이 네가 원하는 활동을 같이 하길 바라니?

나의 감정을 누군가에게 잘 전달한다는 것은 정말 쉽지가 않다. 꾸준히 연습하는 과정이 많이 필요할 것이다. 아이를 육아하는 과정에서 여러 일을 한꺼번에 처리하며 관찰하고 느낌을 이야기하거나 욕구를 드러내어 부탁해야 하는데, 막상 그런 상황이 되면 바로 나오지 않을 수도 있다. 중이 제 머리를 못 깎는 것처럼 나도 아이가 학령기의 시기가 된다면 내 감정에 앞서 공감 말하기나 듣기를 사용하지 못하는 경우도 있을 것이라 예상한다. 그래서 자주 아이와 부딪히는 갈등 상황을 한 가지 정해두고, 만약 그런 상황이라면 어떻게 대처하는 것이 좋을지 미리 생각하여 글로 적어보는 것도 나쁘지 않을 것이라 생각된다. 막연하게 상상하는 것보다 글로 표현한 다음에 말로 연습한다면 더 수월하게 할 수 있다. 이렇게 공감 말하기와 듣기를 할 준비가 되었다면 다음 장의 사례로 쓴 무패 방법을 잘 활용해 볼 수 있을 것이다.

부모교육코칭전문가 과정 중 마지막에 배웠던 대화법으로 『PET 부모 역할 훈련』 책에서 나온 '무패 방법'의 사례를 소개하고자 한다. 무패 방법은 6단계를 거쳐서 상대방과의 갈등을 확인한 다음 공감 듣기, 공감 말하기를 통하여 솔직히 상대에게 이야기한다. 그리고 합리적이면서 구체적인 방법으로 실천 가능한 계획인지, 실행은 되었는지 확인하는 것이다. 무패 방법을 알게 된 후, 어떻게 적용해 볼까 고민하다가 상담하고 있는 아동과 함께 어떤 활동을 할지 정해보았다. 상담자와 아동이 모두 만족할 수 있는 방법을 스스로 생각해보게끔 했다. 누구도 지는 사람 없이 갈등을 해결할 수 있는 대화법을 이야기해 보고자 한다.

태민(가명)아, 우리 함께 위너가 될 수 있어!

무패 방법 활용 대화법

다음 사례는 상담실 내 대화 내용으로 내담자 아동과 이야기한 부분이다. 6단계를 거쳐서 아동과의 갈등을 확인한 후 공감 듣기, 공감 말하기를 통하여 솔직히 아동에게 이야기하였다. 그다음 합리적이며 구체적인 방법으로 실천 가능한 계획을 세우고, 확인해 보는 무패 방법을 사용해보았다. 아동의 이름은 가명을 사용했으며 아동과 부모님, 센터 측의 동의를 얻었다.

자동차와 두더지를 좋아하는 태민(가명)이는 일하고 있는 센터에서 나와 가장 오랜 인연을 가진 아동이다. 3년째 미술 심리 상담을 하고 있는 중인데 초등학교 4학년 남자아이이며 현재 치료 목표는 '소근육 발달과 사회성 향상시키기'로 잡아 활동하고 있다. 소개하고자 하는 날, 내가 준비한 활동은 아동이 좋아하는 구체적인 대상을 클레이 놀이에 접목하여 개입하는 것이었다. 활동을 하게 되면 내가 준비한 것과 아동이 하고 싶은 것에 차이가 있어 힘겨루기가 많이 일어나는 편이다. 이야기하고자 하는 부분은 아동과 상담실 내에서 어떤 활동을 할 것인지 조율하며 정하는 상황이다.

•환경조성 (T : 상담사, C : 아동)

T : 태민아, 지난 시간에 우리 어떤 활동하기로 했었지? (회상하기)

C : 음…(생각하다가) 선생님이 준비한 활동하기로 했어요. 그런데 오늘은 포켓볼 하고 싶어요.

T : 아, 태민이는 오늘 포켓볼을 하고 싶구나. 선생님이 태민이와 활동하려고 클레이 준비해 왔는데 태민이도 좋고 선생님도 좋은 방법을 지금 같이 이야기 나누면서 생각해봐야겠다.

•1단계 (갈등 확인하고 정의하기)

T : 우리가 오늘 하기로 한 약속을 지키지 않으면 태민이랑 같이 하려고 선생님이 준비한 활동을 못 하게 되잖아? 그럼 준비한 노력이 헛수고가 된다 생각돼서 선생님은 속상할 것 같아. 그런데 태민이도 포켓볼을 하고 싶은 마음이니?

C : 네. 포켓볼 하고 싶어요. 지난 시간에 하기로 한 것을 까먹었어요.

T : 그랬구나. 지난 시간에 활동하기로 했던 것을 잊을 수 있지. 그럼 태민이도 원하는 걸 하고 선생님도 원하는 걸 하려면 어떻게 해야 할까?

- 아동의 욕구 : 포켓볼을 하고 싶음
- 나의 욕구 : 준비한 클레이 활동을 하고 싶음

•2단계 (가능한 여러 해결책을 생각해 내기)
T : 여러 가지 방법으로 우리가 할 활동을 정해볼 수가 있어. 태민이의 생각은 어때?
C : 포켓볼을 먼저 하고 남는 시간에 선생님이 준비한 활동해요.
T : 태민이는 포켓볼 먼저 하고, 남는 시간에 선생님이 준비한 활동하고 싶구나. 또 다른 방법도 있을까?
C : 포켓볼은 이번 시간, 선생님이 준비한 건 다음 시간이요.
T : 아, 선생님이 준비한 활동은 다음 시간에 하는 방법이구나. 선생님의 생각은 선생님이 준비한 활동을 먼저 하고, 그다음에 포켓볼을 하자는 의견이야.

- 아동의 의견 : 포켓볼을 먼저 하고 남는 시간에 선생님이 준비한 활동하기, 포켓볼을 이번 시간에 하고 선생님이 준비한 건 다음 시간에 하기

- 나의 의견 : 내가 준비한 활동을 먼저 하고 그다음에 포켓볼 하기

• 3단계 (각 해결책을 평가하기)

T : 그러면 이제 다양한 의견들 중에서 어떤 것이 좋은지 골라보자.

C : 오늘 포켓볼을 하려고 생각해 왔어요.

T : 오늘 포켓볼을 할 생각으로 왔구나. 선생님도 준비한 활동을 하려고 왔는데 포켓볼만 하게 되면 실망스러울 것 같아.

- 상담자 감정을 전달하는 것에 치중하여 선택한 의견들에 대한 각각의 평가를 하지 못하여 아쉬운 부분이 있었음.

• 4단계 (최선의 해결책을 정하기)

C : 그럼 포켓볼이랑 선생님이 준비한 활동을 같이 하면 좋을거 같아요.

T : 포켓볼 반, 선생님이 준비한 활동 반, 나눠서 하게 된다면 괜찮을까?

C : 네. 좋아요.

T : 이번 시간에는 태민이가 생각한 포켓볼 먼저, 선생님 활동을 나중에 해 보고, 다음 시간 활동은 어떻게 정하면 좋을지 다시 생각해보자.

C : 알겠어요.

T : 이번 주는 태민이가 원하는 활동을 먼저 했으니 다음 주에는 선생님이 준비한 활동을 먼저 해 보는 게 어때? 잊지 않도록 달력에 같이 써 두자.

C : 그래요.

- 공통 의견 : 이번 주는 포켓볼 먼저하고 선생님이 준비한 활동을 나중에 하기, 다음 주에는 선생님이 준비한 활동을 먼저하고 아동이 원하는 활동을 나중에 하기

•5단계 (결정된 것을 실천할 구체적인 방법 생각하기)

T : 이렇게 이야기해서 달력에 써 두었으니까 다음 주에는 잊지 않고 활동하도록 하자. 오늘은 40분 동안의 시간에서 활동을 정하느라 10분은 지나갔고 이제 30분 남았어. 몇 시까지 포켓볼을 하면 될까?

C : 긴바늘이 5에 갈 때까지 포켓볼, 8에 갈 때까지 선생님 거요.

T : 좋아. 미리 정리할 시간이 필요하니까 13분씩 해서 2분 동안은 정리하는 시간을 가지도록 하고 알람을 맞춰 놓자. 어때?

C : 좋아요.

- 구체적 방법 : 13분씩 하고 2분은 정리하는 시간을 가진 후 다음

활동으로 넘어감.

• 6단계 (잘 실천되었는지 확인하기)

T : 오늘 포켓볼이랑 선생님이 준비한 클레이 활동을 해 봤는데 같이 한 소감을 말해볼까?

C : 포켓볼도 하고 클레이로 두더지도 만들고 재밌었어요.

T : 포켓볼도, 두더지 만들기도 재밌었구나. 선생님도 태민이가 하고 싶은 포켓볼이랑 선생님이 준비한 활동을 같이 하니까 더 재밌었어. 너무 즐겁게 활동하다 보니 시간이 금방 가버렸다. 다음 주에는 달력에 적어 놓은 대로 잊지 않고 활동해 보도록 하자. 미리 얘기했으니 5분씩 더 활동할 수 있어.

C : 네.

- 결과 확인 : 13분씩 포켓볼과 상담자가 준비한 활동을 각각하고, 2분 동안 정리 후 소감을 나눔. 다음 주에는 미리 이야기를 해 놓았으니 달력에 적은 활동을 보고 먼저 한 다음 아동이 원하는 걸 나중에 하기로 함.

위와 같이 활동을 하면서 아동이 만족스러운 마음을 느낄 수 있었다. 그리고 다음 주에 잊지 않고 달력에 적어 둔 대로 상담자가 준비한 활동부터 해 보았다. 아동이 먼저 기억해 준 부분에 대해서 칭찬도 많이 해 주었다. 서로가 마음에 드는 방법으로 이야기를 나누며 활동을 정한 것은 아동이 자신의 의견을 존중받는다 생각할 수 있는 경험이었다고 여겨진다. 한 가지 놓쳤던 것은 무패 방법 3단계의 부분에서 나의 감정을 내담자 아동에게 이야기하는 것에 치중하여, 제안했던 각각의 의견에 대한 평가를 하지 못했던 것이 많이 아쉬웠다. 중간에 잊지 않고 순서를 참고하여 해보거나 연습을 통해 많이 숙지하는 것도 좋을 것 같다. 다음번에는 꼭 의견을 낸 부분에 대해 평가도 해 보는 시간을 가져야겠다고 생각되었다. 그리고 종종 무패 방법으로 상담실 내에서의 갈등을 해결할 수 있길 바란다. 또한 아동도 부모나 형제, 친구 등의 다른 사람들과 사용해 볼 수 있도록 익숙해지면 좋을 것 같다.

　이렇듯 처음부터 무패 방법이 잘 이뤄지는 것은 아니다. 내담자인 태민이와의 상담 기간이 어느 정도 있었기에 라포(상담이나 교육을 위한 전제로 신뢰와 친근감으로 이루어진 인간관계) 형성이 되어 협조도 잘 되었던 것이다. 아쉬움도 있었지만, 다른 한편으로 채울 수 있었던 것은 무패 방법을 배우면서 추상적이었던 부분도 있었는데 다시 되새겨 보며 스스로 명료화할 수 있었다. 처음부터 완벽하지 않지만 여러 번 하다 보면 상대방과의 갈등 상황 시 조율할 수 있는 대화를 나눌 수 있게 될 것이다. 언제나 이렇게 정석대로 해야 하는 것은 아니고, 아동의 기분이나 컨디션에 따른 변수도 있단 것을 염두에 두어야 한다. 1~2번쯤의 시도를 해본 것 자체로도 굉장한 의미가 있었다. 나중에 딸아이가 이야기를 할 수 있을 정도로 자란다면 갈등 상황이 생겼을 때 중간 과정은 간소화하더라도 굵직한 부분은 적용해 봐야겠다고 느꼈다. 여러분도 아이와 일상생활 속 다른 의견이 있을 때 서로가 만족할 수 있는 방법을 정하는 부분에서 나라면 어떻게 무패 방법을 쓸 수 있을지 생각해보길 바란다.

5년 후의 태민이에게

태민(가명)이와 상담실에서^^

태민이와 언제까지 상담을 하게 될지는 모르겠지만 내가 힘이 닿는 데까지 최선을 다하여 도움을 줄 수 있길 바라고 있다. 나의 가장 오랜 내담자가 되어준 5년 후의 태민이에게 그동안의 추억을 되새겨보고 태민이의 성장을 생각하며 고마운 마음을 가득 담아 편지를 적으면서 마무리하고자 한다.

To. 태민이에게

안녕? 태민아. ^^
미술 심리 상담 선생님이야~! 오랜만에 편지를 써 보는 것 같다.
우리가 만난 지 벌써 3년이 다 되어 가는구나! 그만큼 태민이도 많이 성장했겠지?
2020년, 너를 처음 봤던 날이 생각이 난다. 추운 겨울날이었는데… 본격적으로 새로운 센터에서의 시작과 함께 상담에 임하면서 태민이도, 선생님도 긴장되고 무지 떨렸을 거야. 한 달간 서로를 알아나가면서 익숙해지고, 선생님이 원하는 것과 태민이가 원하는 활동도 같이해 나갔지.
선생님을 생각해서 가끔 먹을 것도 챙겨와 주고, 활동할 때 배려해주는 그런 마음씨가 참 아름답다 느껴졌어. 함께했던 시간 중에 선생님은 임신도 해서 예쁜 딸을 출산하고, 몸을 회복하는 4개월 동안 태민이는 기다려주었지. 태민이를 만나서 선생님은 너무나 감사하게 생각해. 아기를 돌보면서도 태민이가 잘 지내는지 종종 생각이 났단다~!
그리고 코로나 때문에 답답한 마스크를 쓰면서도 매주 토요일 아침 시간 상담을 빠지지 않았지. 정말 대단한 일이라고 생각해! 나중에 태민이가 어른이 된다면 이 성실함과 꾸준함이 너의 성장에 빛을 발휘할 것이라 여겨진단다.
태민이의 장점은 몸이 정말 튼튼하고, 톡톡 뛰는 아이디어와 관심 있는 것에 대해 찾아보면서 많이 알아보려 하는 자세야. 그런 장점을 살려서 건강하고 멋진 어른이 되길 선생님이 항상 기도할게. 앞으로도 태민이에게 발전할 수 있는 부분이 아주 많다고 생각해. 태민이를 보는 날을 언제나 기다리며 활동을 하고 나면 선생님이 더 힘을 얻어갔던 것 같아. 정말 고마워. 선생님도 태민이와 상담을 하면서 같이 성장한 것 같아. 태민이도 선생님과 함께하는 동안 즐겁고 많은 도움을 얻어갔기를 바란다.
태민이의 앞날을 응원하며 이만 편지는 여기서 마무리할게. 안녕~!

2022년 5월 29일 일요일
From. 미술 심리 상담 선생님이

Part 5

다니엘! 엘리! 감정의 바다 위에서
욕구의 파도 타러 가자!

강진희

2020년 2월부터 지금까지, 평생 해온 음악 활동을 하지 못하고 있다. 코로나19로 인해 노래, 합창, 뮤지컬 등의 공연에는 '위험'이라는 딱지가 붙여졌기 때문이다. 나는 사람에게서 나오는 것 중 가장 아름다운 것은 노래라고 생각했다. 그런데 요새는 그것이 내가 아끼는 사람들의 생명을 위협하는 행위가 될 수도 있다는 생각에 차마 함께 모여 노래하자고 한마디 말도 못 꺼내고 이 시기가 끝나기를 기다리고만 있는 중이다. 하지만 곧 끝날 것만 같던 코로나19는 풍토병으로 영원히 정착될 것 같은 분위기이다.

오랜 시간, 기한 없이 아무것도 못 한 채 참고 가만히만 있으니 바보가 된 느낌이다. 중학교 3학년, 초등학교 5학년 내 아이들도 코로나로 인해 학원도 다니지 않고 가끔 산책만 나갈 뿐 거의 집에만 있다. 활동량이 급격히 줄어든 아이들은 집에 오래 있다 보니 스트레스와 짜증이 많아졌다.

나도 마찬가지였다. 아기 같았던 둘째도 사춘기에 접어들고 가족 모두 긴장하며 지내니 별일 아닌 말도 날카롭게 들리는 듯했다. 이렇게 답답하고 긴장된 상태로 계속 지낼 수는 없었다. 해결책이 무엇일까 고민하던 중 '부모교육코칭전문가 과정'을 알게 되었다. 수업 내용을 보니 성격 분석, 대화법 등 최근 내가 평소 가족들과 지내며 고민하던 내용이었다. 이 수업을 듣고 나면 우리 가족들이 서로 더 이해하기 쉽고 편안한 마음을 갖는데 도움을 줄 수 있을 것 같다는 생각이 들었다. 평소 생각이 많은 나는 서로 소통하기 쉬운 대화법이라는 것이 도대체 무엇일까 고민을 많이 한 끝에 등록 마감일에 가서 등록했다.

그렇게 수업이 시작되었고 열심히 참여하여 수료 및 자격증까지 따게 되었다. 수업에서 배운 내용을 활용하며 이성적으로 나와 가족을 관찰하다 보니 서로를 있는 그대로 인정하고 이해하기가 쉬워졌다. 수업을 통해 배운 나-메시지, 비폭력 대화, 무패 방법을 가족에게 적용하다 보니 나의 사랑이 제대로 전달되는 것 같았다. 또 수업을 통해 놀랐던 것 중 하나는 욕구와 감정의 종류가 정말 많다는 것이다. 내 인생을 돌아보니 나의 욕구와 감정을 살펴보기보다 상대방의 욕구와 감정을 우선시하며 지냈던 경우 부작용이 많았다는 점도 깨달았다. 그래서 나는 시급히 나의 아이들의 욕구와 감정을 살펴주고 표현하도록 도와야겠다고 생각했다. 우리 아이들은 어떤 욕구가 있는지, 어떤 감정을 느끼는지, 감정 표현하기에 어려움은 없는지, 내가 도와주면 아이들의 마음이 더 편안해 질 것이라는 확신이 생겼다.

코로나19로 나의 전공인 음악으로 기쁨과 위로를 나누기 어려운 상황이지만, 가족들을 도우며 살아온 삶까지 멈출 수는 없다. 열정적인 소장님과 지혜로운 동료 작가님들의 따뜻한 에너지를 주고받으며 글까지 쓰게 되어 감사한 마음 가득이다. 줌을 켜고 글을 수정할 때마다 발소리도 조심하며 배려해준 가족에게도 감사드린다. 이제 내가 용기 내어 쓴 글이 사람들에게 도움이 되었으면 좋겠다. 나의 글에는 무패 방법을 통해 사춘기가 시작된 초등학교 5학년 딸과 큰 마찰 없이 소통하며 지낸 사례와 딸의 감정과 욕구를 나 메시지를 통해 표현하도록 도운 사례를 적었다. 중학교 3학년 아들과는 가만히 들어주기를 통해 감정과 욕구를 살펴주어 마음의 평화를 나누는 기쁨을 적었다. 그리고 아이들과 나를 관찰해보니 그동안 살펴주지 못하고 지나쳤던 나의 감정과 욕구, 상대방의 감정과 욕구를 더 배려하고 살아오며 생긴 부작용을 깨닫고 점검하는 과정을 적었다. 각자의 감정과 욕구를 파악하고 존중하며 표현하기가 삶에 있어서 얼마나 중요한지, 이제라도 깨달아서 마음이 가벼워진 나의 경험을 적어보았다. 글을 정리하며 서로 감정과 욕구를 파악하고 인정하고 표현하면서 나와 가족이 깊이 사랑하고 있음을 다시 깨닫게 되는 계기가 되었음을 고백한다. 마지막으로 원고를 넘기면서 엄마를 위해 작가 사진을 찍어주고 편집까지 해준 아들딸과 휴가일정까지 배려해준 남편에게 이글을 바친다.

모든 것이 멈춰버린 시간,
이제 다시 터널 끝 희망의 빛을 향해

합창지휘 석사 졸업 연주회

첫째를 낳고도 한 달 만에 지휘하러 나갈 정도로 음악은 나의
삶 자체였다. 사람들 마음에 위로와 기쁨을 주는 곡을 만드는 법
을 너무 알고 싶어서 세상 귀한 첫째를 낳고 대학원에 입학하였
다. 오전엔 대학원 수업을 듣고, 낮부터 밤새도록 잠투정이 심한
아기를 돌보고 틈틈이 숙제하고, 하루 3~4시간씩 자면서 지휘
공부를 했었다. 아기가 너무 예뻐서, 안기만 해도 힘이 솟았고 세

상을 다 가진 듯이 행복했다. 그리고 이런 아기를 잠시라도 두고 공부하러 나가는 게 미안한 만큼 자랑스러운 엄마가 돼야겠다고 결심했다. 그래서 열심히 공부했고 잠을 자지 않아도 괜찮았다. 매일매일 오늘이 마지막 수업 같은 사명감으로 살아갔다. 나의 재능이 잘 쓰임 받기를 기도하면서. 대학교 2학년 때부터 20년이 넘도록 지휘를 하며 살아왔는데 아무 음악활동 없이 쉬고만 있는 현재 상황이 믿겨지지 않는다.

계속 쉬고 있으니 지난 기억이 많이 떠오른다. 먼저 대학교 4학년 교생실습 때 만난 첫 학생들이 생각났다. 남자 중학교 1학년에 배정받은 어느 날, 굉장히 인자하셨던 담임 선생님께서 한 학생을 꾸중하시는 모습을 보았다.

"왜 며칠째 어머니 싸인을 못 받아오니?"

그러자 아이가 말했다.

"선생님, 사실 저희 어머니께서 집을 나가셔서… 안 계셔요…"

하고 울음을 터트렸다. 그 모습을 본 나는 너무나 마음이 아팠다. 선생님께 자초지종을 여쭈었더니 이렇게 말씀해주셨다.

"이 동네에는 한 부모 가정도 많고, 조부모 가정도 많은데, 안타깝게도 특히 우리 반에 그런 아이들이 많아요."

사랑에 목말라서였을까? 아이들은 수업 태도도 매우 산만했고, 늘 꾸지람 받아 꼴찌 반이라고 불렸다. 나는 안타까운 마음에 쉬는 시간마다 개인 면담도 하고, 휴일에도 약속을 잡아 아이들과 같이 학교 운동장에 모여 뛰어놀았다. 그러면서 준비하고 있던 합창대회 연습도 매일 열심히 하였다. 아이들이 리허설 때 매우 떨면서 기량을 발휘 못하는 모습을 보고, 나는 아이들에게 사랑과 응원의 글을 적어 대회 직전 급히 작은 쪽지를 돌렸다. 아이들은 쪽지를 보고 얼굴이 매우 밝아지더니 당당히 부르고 내려와 기적같이 1등을 했다. 그렇게 한 달이 지나고 실습이 끝나는 시간이 왔다. 나는 정든 학생들과 헤어져야 한다는 현실이 매우 마음이 아팠다. 그래서 고민 끝에 교생실습이 끝난 후 아이들이 보고 싶어서 1년간 아이들의 생일선물을 챙겨서 때마다 우편으로 보내주었다. '그 아이들은 잘 성장했을까?', '그 아이들을 더 잘 도울 방법이 있지 않았을까?'생각이 들었다.

나의 음악 철학은 연주하는 사람의 마음에 먼저 깊이 귀를 기울이고 격려하면서, 연주곡을 알려주어야 한다는 것이다. 즉 음악보다 사람을 먼저 소중히 여겨야한다고 생각했다. 그러면 학생들은 누구보다 밝은 얼굴로 한마음이 되어 아름다운 합창 하모니를 냈다. 그런 아름다운 음악을 경험한 학생들은 매우 행복해하고 당당해져 힘을 내는 모습을 보였고, 음악을 통해 사람들의 마음에 위로와 기쁨을 주는 것이 보람있었다. 그래서 성악을 전공하고도 합창 지휘, 해금, 피아노 반주 등을 배우며 다양성을 업

그레이드하며 나만의 독창적인 음악 세계를 만들어왔다. 그뿐만 아니라 반드시 암보하여 연주할 정도로 많은 연습을 하며 깊은 분석을 통해 원곡의 메시지를 생생히 전달하고자 노력했다. 그게 나의 사명이라고 생각했다.

그런데 집에 감옥처럼 갇혀서 오랜 시간 생활하게 될 줄이야. 어서 내가 할 수 있는 것이 무엇일지 찾아보아야겠다는 생각에 발견한 것이 [부모교육코칭전문가] 과정 수업이다. 수업에서 배운 대화법이 우리 가족이 집 감옥에서 허덕이는 것이 아니라 화목하고 소통하며 편안히 지낼 수 있게 도와줄 수 있겠다는 생각이 들었다.

이제 다시 힘을 내보고 싶다. 수업 중 얻은 대화법이 아직 익숙하지 않지만 나와 가족 모두에게 '괜찮아!'하면서 코로나든 무슨 상황이 생기든지 간에 그것을 뚫고 계속 희망의 빛을 향해 나아가고 싶다.

사춘기 쓰나미 속에 핸드폰과 사라졌던 엘리,
다시 미소를 보여주다

강릉 헌화로 동해안 '7번국도 바다 앞에서 딸과 함께

엘리는 초등 5학년 둘째 딸이다. 예전에 내가 몸살이 나서 누워있으면 유치원생이었던 쪼꼬미 엘리는 귤도 가져다주고, 옆에서 코믹하게 웃겨주는 등 어릴 적부터 늘 밝고 상냥한 아이이다. 주말마다 가족끼리 항상 야외 활동을 하며 지내고 특히 밖에 나가면 더 환히 웃던 엘리는 코로나가 시작된 이후 모든 학원을 그만두고 집에서 온라인 수업만을 하며 지내다, 최근에야 수학 학원을 하나 등록했다. 너무 답답해서 주말에만 가끔 가족과 산책 하러 나가고, 집에서 할 만한 취미로 뜨개질 등을 하며 시간을 보내고 있다. 처음엔 온라인 수업이 서툴러 마이크 조정 등 내가 많은 도움을 주었다. 그러나 일 년 후, 완전히 적응되었고, 핸드폰으로도 카톡, 보이스 톡, 페이스 톡, 노래 녹음 등 심심하다면서 온갖 프로그램을 자유자재로 이용하며 지낸다.

그런데 너무 컴퓨터와 핸드폰을 오래 하다 보니 가족과 대화도 줄어들고 취침도 늦어져서 걱정되기 시작했다. 남편도, 엘리의 오빠도 엘리의 얼굴 보기 어렵다며 서운해 했다. 사춘기 현상이라고 그냥 둔다면 가족과 너무 멀어져 나중엔 서먹해질 것 같았다. 최소한 가족과 소통하는 시간을 가져야 할 것 같았다. 억지로 못하게 하면 부작용도 있을 테니 무슨 욕구가 있어서 핸드폰과 컴퓨터에 몰입하는지 알아야 원만한 해결책이 나올 것 같았다. 그때 '부모교육코칭전문가 과정' 수업 중 판단을 내리지 않고 Fact(팩트)만을 가지고 '관찰'을 하면 그 사람의 욕구를 알 수 있다고 한 것이 생각났다. 그래서 일주일간 엘리의 생활을 '관찰' 해 보았다.

[관찰]

1. 수업 후 줌 : 친구들과 수다 떨거나 숙제하고 게임.

2. 페이스 톡, 보이스톡 : 친한 친구끼리 콩국수 막국수 쌀국수라고

별명도 지어놓고 큰소리로 깔깔 웃으며 대화.

3. 카톡 수시로 : 숙제 준비물도 묻고 밤 12시에 굿나잇 인사까지 해야 겨우 잠드는 패턴

4. 친구들에게 수시로 연락이 오니 화장실 갈 때도 핸드폰을 쥐고 들어가고, 식사할 때도 핸드폰을 두고 보면서 식사.

5. 핸드폰으로 노래 녹음: 노래하기를 즐겨하여 좋아하는 가수의 노래를 녹음해서 유튜브에 올림. 그것을 가지고 친구와 이야기.

6. 컴퓨터 사용: 유튜브로 좋아하는 가수 음악 듣기, 와콤으로 그림 그리기, 그림 그려서 친구와 같이 나누기.

[관찰하면 보이는 것들]

1. 핸드폰으로 하는 것은 거의 친구와 소통하는데 쓰인다.

2. 핸드폰과 컴퓨터로 취미 및 여가 활동을 즐긴다.

3. 숙제는 책임을 다해 잘하지만 쉬는 시간이 없이 지내다 보니 항상 피곤해한다.

4. 가족과 대화할 틈이 없다.

[관찰을 통해 발견한 엘리의 욕구]

'아! 친구를 직접 만나지 못하니 핸드폰에 그렇게 집중하는 것이었구나!! '

나는 엘리의 욕구와 가족들의 욕구를 모두 존중해주며 만족시킬 수 있는 방법을 찾도록 도와야겠다는 생각이 들었다. 엘리가 덜 피로해 하며 만족스러운 친구 관계를 유지하도록 돕고 더불어 가족과 대화하는 시간도 늘리는 방법을 찾아야 한다.

'관찰'을 하지 않았던 처음엔 엘리가 핸드폰에 중독이 되었나 걱정이 되어 감정과 판단이 앞서니 사실에 근거한 관찰하기가 너무 힘들었다. 단순히 핸드폰 사용을 중지시키면 편하고 빨리 걱정이 사라지는 것 같았다. 하지만 관찰을 통해 엘리의 욕구를 알고 나니 그럴 수도 없다는 것을 알게 되었다. 핸드폰과 컴퓨터를 오래 하는 부작용으로 인해 아침마다 일어나기 힘들어하고 낮에도 매우 피곤해하는 엘리를 그대로 둘 수도 없었다. 나는 이런 엘리를 보면서 '무패 방법'을 사용해 봐야겠다고 생각했다. '무패 방법'이란 이처럼 갈등 상황에 있을 때, 상대방의 욕구와 감정도 챙겨주고, 나의 욕구와 감정도 챙겨 양쪽 모두의 욕구를 충족시키는 타협점을 만드는 방법이다. 며칠간 딸의 기분과 컨디션을 살펴보다, 딸이 편안해하는 시간에 이야기를 시작했다.

[무패 방법 1단계: 갈등을 확인하고 정의]
엄마: 엘리, 요새 밤늦게까지 핸드폰을 너무 많이 쓰는 것 같아. 어떻게 생각해?

엘리 : 그러게요. 나는 조금 쓰는 것 같은데 쓰다 보면 어느새 잘 때가 되는 것 같아요. 피곤하기는 한데 친구한테 연락이 오고 컴퓨터 줌으로 만나서 공부하고 노는 건데 어떻게 나만 빠질 수 있겠어요.

엄마 : 친구와 사귀기 위해 그런다는 걸 알지만 너도 틈틈이 온전히 쉬는 시간도 있어야 피곤함도 적어질 것 같아. 가족과도 대화 시간이 거의 없으니 아빠와 오빠도 너무 서운해하더라. 함께 적절한 핸드폰, 인터넷 사용 규칙을 정해서 친구와 연락도 잘하고 가족과도 이야기하는 시간을 만들자. 어떤 규칙을 만들면 좋을까?

엘리 : 엄마 말씀대로 많이 피곤하긴 해요. 하지만 어떻게 구체적으로 해야 할지 모르겠어요.

엄마 : 그러면 엄마가 여러 가지 방법을 말해 볼께. 괜찮은지 아닌지 엘리가 말해줘. 아이디어가 떠오르면 얘기해주고.

[무패 방법 2단계와 3단계 : 해결책 도출과 평가]

엄마 : 요일을 정해서 사용할까?

엘리 : 그건 싫어요. 이 나이에 다른 친구들은 매일 써요.

엄마 : 사용 시간을 정해볼까?

엘리 : 이게 낫겠네요. 수업 후 우선 2시간 정도는 자유 시간을 주세요.

엄마 : 그러면 하루 사용 횟수를 정할까?

엘리 : 전혀 가능하지 않을 것 같아요. 친구들에게서 수시로 페이스 톡 및 카톡이 오는 걸요.

엄마 : 너무 오래 쓰지 않도록 규칙을 찾아야 할텐데. 잠들기 전 핸드폰을 하면 수면 시간이 절반으로 줄어서 많이 피곤하게 된다고 하던데, 엘리는 성장기니까 충분히 자야 키도 잘 클 것 같구나.

엘리 : 저도 들은 적 있어요. 몸에도 안 좋고 키도 크고 싶으니, 앞으론 자기 직전엔 되도록 안 하도록 할께요.

엄마 : 가족과 식사할 때도 핸드폰 보면 엄마가 왕따 당하는 기분이 들어 속상했어. 오빠랑도 만날 시간이 밥 먹을 때뿐이고, 아빠랑도 얼굴 보는 것은 주말뿐인데. 밥 먹을 때는 핸드폰 하지 않았으면 좋겠어. 어떠니?

엘리 : 알았어요.

엄마 : 그래. 밥 먹을 때는 꼭 가족과 도란도란 얘기해보자. 그러면 요새 화장실 갈 때도 핸드폰을 들고 가던데 화장실에 그렇게 오래 있게 되면 몸에도 안 좋아. 엘리 생각은 어때?

엘리 :그렇긴 해요. 화장실엔 안 들고 가는 게 좋긴 하죠.

이렇게 다양한 방법과 의견을 나누다 보니 예전의 내 모습이 떠올랐다. 예전에는 내가 "핸드폰 보지 마", "핸드폰 그만해" 등 아무리 말투를 부드럽게 해도 명령조여서 그런지 대화 분위기가 쉽게 얼어붙었다. 그 대화 속에서는 나의 감정과 욕구, 나의 마음이 표현되지 않았다. 무패 방법을 단계별로 진행하면서 나의 감정과 욕구를 이야기하고 아이에게 어떻게 했으면 좋겠다는 말을 권고, 부탁하니 아이와 얘기가 부드럽게 통하는 것이 느껴졌다. 그래서 다음과 같이 해결책을 결정했다.

[무패 방법 4단계 해결책 결정]
  1. 핸드폰 사용 시간 정하기.
  2. 화장실 갈 때, 식사 시간에 핸드폰 안 하기.
  3. 자기 직전에 핸드폰 보지 않기.

그리고 결정된 해결책의 구체적인 방법을 생각해 이야기 나누었다.

[무패 방법 5단계 해결책 구체적 방법 결정]
  1. 사용 시간 : 수업 후 2시간 정도 자유 시간 가진 후 3시~5시 컴퓨터와 핸드폰을 방에 두고 마루에서 활동하며 지내기.
  2. 식사 할 때, 화장실 갈 때는 핸드폰을 들고 있지 않기.
  3. 자기 전 1시간 전에는 핸드폰을 보지 않기. (12시 전에 자기)

그리고 어떻게 지켜지나 살펴보았다.

[무패 방법 6단계 결과 확인과 평가]

첫날은 전반적으로 매우 잘 지켜지는 것 같았다. 핸드폰 사용 시간을 정하니 핸드폰을 쓸 때 눈치 보지 않아도 좋다고 엘리는 말했다. 그런데 이틀, 사흘, 나흘 지나갈수록 규칙이 흐트러지는 모습이 보였다.

엄마 : 엘리! 3~5시 마루에서 활동하며 지내는 시간인데 자꾸 핸드폰과 컴퓨터를 보러 방에 들어가는구나. 머리도 좀 식혀야지. 엄마도 엘리 얼굴 좀 더 보자. 왜 안 지켜지는 거얌~~.
엘리 : 엄마! 나도 쉬고 싶은데 친구들이 자꾸 연락이 와요. 궁금하기도 하고 친구 연락을 안 받을 수가 없어요.

화장실 갈 때 핸드폰 들고 가는 엘리…
엄마 : 어? 엘리? 핸드폰?
엘리 : 아! 깜박! 호호.

저녁 식사 시간.
엄마 : 엘리, 핸드폰 없이 얼굴 보면서 밥 먹으니까 엄마는 너무 좋다.

엘리 : 네, 엄마. 저 얼른 먹고 방에 들어가도 되죠?

밤 11시 지나서
엄마 : 11시 넘었는데 얼른 자야지. 아직도 핸드폰 보고 있구나.
엘리 : 엄마, 조금만 더 보고 잘게요. 조금만요. 잠시만요.
엄마 : 으… 알았어…. 다음부터는 약속 지키기!

처음엔 계획이 완벽하게 지켜지지는 않아서 속상했지만, 시간이 지나 생각해보니 성과는 여러 가지로 있었다. 첫째, 서로 감정 싸움을 하지 않고 서로의 욕구와 감정을 존중해주면서 평화로운 관계를 유지하였다. 엘리는 미디어로 친구를 만나는 시간을 확보하여 욕구를 채웠고, 나와 가족은 아직 아쉽긴 하지만, 예전보다 엘리와 얼굴을 맞대고 이야기할 수 있는 시간이 늘어서 좋았다. 둘째, 엘리는 깜박하여 핸드폰을 들고 있는 경우에도 규칙을 신경 쓰며 지키고자 인식하는 모습이 보였다. 나는 그렇게 자율성을 길러가는 엘리를 보니 흐뭇했다. 엘리가 잊어버리지 않도록 내가 메모로 도와줘야겠다는 생각이 들었다. 셋째, 딸도 규칙을 짜놓고 핸드폰이나 컴퓨터를 사용하니 엄마가 자신을 쳐다보는 눈빛이 달라져서 마음이 편하다고 말했다. 나는 핸드폰으로 친구를 만나는 것보다 직접 만나 노는 것이 더 즐거우니 그런 시간을 많이 만들자고 얘기해주었고 딸의 마음도 어느 정도 안정되는 거 같았다. 그리고 며칠 후 엘리는 전면 등교를 하게 되어 친구들과 매일 대면으로 만나 관계 맺는 시간이 늘어 자신의 욕구가 많이 충족되는 시간을 보냈다. 결국엔 오빠 학교 축제 촬영을 위해서 엘리는 쿨하게 자신의 핸드폰을 일주일 동안 빌려주기로 동의하는 등 핸드폰에 대한 집중도가 많이 내려가고 조절력이 훌륭해졌다. 엘리도 매일 학교에서 친구들을 보니까 페이스톡이 이제는 그렇게 재미있지는 않다고 말했다.

이렇게 발전하는 딸의 모습을 보며 미안하고 안쓰러워졌다. 한때 핸드폰과 컴퓨터에 너무 집착하는 것 같아서 인터넷 선도 뽑아보고 말다툼하며 '딸 이름은 참 많구나! 드폰, 까먹, 또 셀카…'라며 혼내기도 했던 것이 미안했다. 안전을 위해 집 안에 있는 것이지만 친구와 마음 편히 만날 수 없는 욕구를 채우기 위해, 밖에서 여가 생활을 참는 것 대신 미디어를 오래 사용하는 것이었구나 생각하니 너무 안쓰러웠다. 그래서 앞으로는 멀리는 아니더라도 방역을 지키는 선에서 엘리가 밖에서 하고 싶은 리스트를 적어서 작은 것이라도 주말마다 체험해보기로 했다. 주중에는 친구들과 시간을 보내기 위해 학교에 일찍 가고, 방과 후에 조금씩 야외에서 친구들과 이야기하다 집에 오기로 계획했다. 그 이후 집안에서는 틈틈이 딸이 해보고 싶은 뜨개질, 펀칭니들, 베이킹을 하며 지내고 있다. 하교 후 친구들과 실컷 수다를 떨고 집에 온 딸의 얼굴은 마냥 귀엽던 쪼꼬미 시절처럼 미소가 터질 듯 집안을 환히 비추고 있었다. 앞으로도 엘리의 얼굴이 더 빛나는 학창 시절이 되기를….

누구에게나 소중한 감정!
용기 내어 표현하자!

집 앞 카페에서 딸과 함께

안전을 위해 선택한 온라인 수업은 많은 부작용도 있었다. 4학년 처음에는 엘리의 온갖 준비물과 프린트 등을 엄마인 내가 알림장을 보며 챙겨주었다. 그러나 언제까지 엄마가 챙겨줄 수는 없는 법이니 엘리 스스로 준비하는 법을 익히게 해야겠다는 생각이 들었다. 서툴지만 5학년부터는 혼자서 책가방을 준비해 등교해보자고 일러주었다. 처음엔 실수를 하더라도 자신의 삶을 주도적으로 준비하고 책임지며 자주성을 기르며 성장하길 바랬기 때문이다. 엘리의 오빠 다니엘도 초등학교 5학년부터 혼자 책가방을 챙기기 시작하면서 얼마나 좌충우돌 실수가 많았는지 모른다. 어떤 날은 책가방을 통째로 바꿔가기도 했고, 아끼는 물통이나 필통을 빠뜨린 날도 있었다. 학교에 조끼나 중요한 프린트를 두고 온 적도 많다. 하지만 지금 다니엘은 남학생이지만 누구보다도 꼼꼼한 학생이다. 나는 학교 담임 선생님께도 이런 사실을 알렸다. 이제부터 스스로 준비하는 것을 훈련시킬 터이니 처음엔 실수하더라도 믿고 기다려주시고 격려도 해달라고 부탁드렸다.

학교 가는 전날만 되면 한 주간 모아왔던 과제를 찾아 챙기는 것은 어른들에게도 쉬운 일은 아닐 것이다. 그렇다고 잔소리를 계속 늘어놓는다고 금세 잘하는 것도 아닐 것이다. 단지 시간과 훈련이 필요하다고 생각되어 가끔 말로 점검만 해주고 나는 더 여유 있게 기다리기로 했다. 하지만 1학기가 끝날 무렵 뭔가 커뮤니케이션이 잘못된 것 같다는 생각이 들었다. 딸은 숙제는 늘 성실하게 했는데, 결과물을 제때 챙겨가지 못하는 실수가 자주 발생했다. 그런데 여러 친구들이 동시에 실수해도 유독 더 주목받는 듯했고 점점 온라인 수업 때 자세도 쪼그라들고 움츠러들었다. 주목 받는 일이 잦아지면서 그런 딸을 따로 집중해서 챙겨주는 친구도 생긴 것 같았다. 딸은 목소리도 더 작아지고 평상시에도 자기 생각과 감정을 표현하지 않는 소극적인 모습으로 변했다. 집 근처 인터넷은 느려지거나 끊어지는 경우가 많이 있었는데, 그때마다 매우 불안해하는 듯했다. 마이크도 몇 번이나 바꿔주고 컴퓨터 사양을 올려도 자신감이 생기는 것 같지 않았다.

2학기가 시작되어서도 딸의 자신 없는 모습은 나아지지 않았다. 그러다 온라인 수업 중 컴퓨터 오류로 수업에 참여할 수 없는 상황이 생겼을 때, 딴 짓을 한다는 오해를 받았음에도 강하게 항의하지 않는 모습을 목격하게 되었다. 엘리는 억울하지만 애써 괜찮다고 그냥 넘어가도 된다고 선생님께 연락하지 말라고 하였지만, 나는 6개월 이상 쪼그라들고 있는 감정과 욕구를 명확히 표현하지 않는 엘리를 이제는 도와줘야겠다는 생각이 들었다.

나는 할 수 없이 담임 선생님과 상담을 했다. 선생님께서는 다른 아이들도 실수를 하지만 특별히 딸을 매우 예쁘게 보셔서 자주 깜박하는 점, 목소리가 작은 점 등 꼭 고쳐주고 싶어서 집중적으로 지도한 것이 그만 안 좋은 영향을 준 것 같다고 미안하다고 하셨다. 나는 학기 초 선생님과 전화 상담을 할 때 커뮤니케이션이 잘 안 되었을 수도 있으므로 딸을 믿고 기다려주십사 부탁드렸다. 시행착오를 끝내고 꼼꼼히 잘 해낼 것이라고 정중히 말씀을 드렸다. 딸의 자신 없어 하고 쪼그라든 자세는, 선생님과의 통화 후 완전히 달라졌고 얼굴도 매우 밝고 편안해졌다. 준비물도 몇 번이나 점검하여 놓치는 법이 거의 없고, 내가 가끔 잘 챙겼는지 물어만 봐도 살짝 기분 나빠하며 '이젠 잘해요.'라는 표정으로 자신 있게 쳐다본다. 이때 보이는 감정은 아마도 '엄마! 이젠 날 믿어도 돼! 괜찮아!' 인 듯하다.

선생님께 오해를 받으며 친구들과는 잘 지내고 있는지, 안 좋은 영향이 미치는 건 아닌가 걱정이 되었지만, 딸은 지금까지 어떤 친구와도 도란도란 잘 지내왔기에 신경을 안 써도 될 것 같았다. 딸은 어릴 적부터 손재주가 좋았다. 유치원에 다닐 때부터 팔찌, 고무 밴드 꽃반지, 빼빼로 과자 등 무얼 만들어 친구들에게 선물하기를 좋아하는 다정한 아이였다. 친구와 음식도 잘 나눠 먹고 양보도 잘하는 딸은 친구들과 크게 문제가 생긴 적이 없다. 오히려 자신의 의견을 소극적으로 표현하고 친구들 의견을 많이 들어주는 편이라 자신의 의사표시를 명확히 해줬으면 하는 바람은 있었다.

요새는 학교에 가는 날보다 못 가는 날이 많아 직접 친구와 만나기보다는 카톡과 줌으로 친구들과 자주 소통하는 편이다. 어떤 친구는 딸에게 학교 가기 전날 준비물을 카톡으로 미리 알려주고, 공책 정리도 보내준다고 했다. 눈치를 보니 친한 친구들끼리 자주 서로 숙제와 준비물을 묻고 도움을 주는 듯했다. 그런가 보다 하고 그냥 지나갔는데, 어느 주말, 딸이 그 친구가 2학기에 반장이 된 후 요즘 보내는 카톡이 좀 이상하다고 나에게 봐달라고 하는 것이다.

친구: 지금 음악 수업 프린트 다 했지?

엘리 : 응응. ^^

친구: 잘했어. 그러면 지금 당장 책가방에 넣어.

엘리 : 응응.

친구: 지금 사회 프린트 00 찾아봐.

엘리 : 당장 안 보이는데? 잃어버렸나봐 ㅎㅎㅎ(온라인 영어 과외하

고 있는 중이라 찾으러 갈 수 없는 상황.)

친구: 000! 웃을 일이 아니야!! 다른 친구 ***은 준비물 다 챙겼

대?

엘리 : 그건 모르겠어.

친구: 000! 수업 때 집중 좀 하자!

엘리: 응응. ^^ (배탈이 난 날, 줌 수업 시간 겨우 앉아 버티고 있느라 자

세가 흐트러진 상태.)

원래 처음엔 그 친구가 이런 식으로 문자를 보내진 않았던 것

같은데 최근의 문자들은 도와주는 것 같은데 마치 상하관계인

듯한 내용으로 변해있었다.

그런데도 딸은 그 친구의 모든 말에 상냥하게 대답하고 있었다. 바쁠 때는 "조금 이따가 찾아볼게."라든지, 지금 하고 있는 일이 있으니(온라인 영어 수업 중) 나중에 알아서 하겠다고 말 할 수도 있는데. 계속 친구에게 핀잔을 듣고 있는 것이었다. 그리고 보니 딸도 계속 기분이 상해서 고민이 되었는지 나보고 봐달라고 도움을 청한 것이었다.

엄마 : 아! 언제부터 이런 거야? 네가 많이 속상했을 텐데… 처음엔 친구가 너를 돕는다는 좋은 뜻으로 시작한 것 같은데, 이제는 네가 불편한 마음이 들면 그러지 말라고 하지 그랬어?
엘리 : 그게 친구가 기분 상할까 봐 그럴 수가 없었어.
엄마 : 너도 계속 이렇게 기분 상하는 내용의 메시지 받기를 원하지 않으니, 나보고 봐달라고 한 것 같은데? 어떻게 말해주면 친구도 기분 상하지 않고 너의 뜻도 잘 전달할 수 있을까?

나는 그 친구가 왜 반 친구들의 준비물을 혹독하게 점검하는지 알아보았다. 1학기 때는 안 그랬는데 2학기가 되어 그 친구는 반에서 준비물을 챙겨오지 않는 친구가 발생할 때 책임을 져야 하는 상황이 생긴 것 같았다. 그래서 모든 짐을 짊어지고 잘 해내기 위해 애쓰는 그 친구도 참 안타깝게 생각이 들었다. 초등학교 5학년 학생이 그런 일을 감당하기에는 너무 어린나이인 것 같다. 잘 해내고 싶다 보니 선의가 강요가 되고, 다급하다보니 방법이 거칠어진 것 같았다.

나는 엘리의 대답도 마음에 걸렸다. 엘리의 감정도 소중하고 친구의 감정도 소중하다. 모두의 감정을 지켜주며 엘리의 마음을 전달해야 한다. 나는 '나-메시지' 대화법을 이용하여, 자신의 마음, 즉 감정과 욕구를 전달하는 법을 알려주어야겠다고 생각했다.

엄마 : 우선 그런 메시지를 받았을 때 기분이 어땠니.

엘리 : 뭔가 기분이 나빴어. 그래서 사실 대답하기 싫었어. 그래도 애쓰고 있는 친구를 위해 대답을 했는데, 내가 이젠 잘하고 있는데도 계속 이런 카톡이 계속 오니 너무 속상해.

엄마 : 그래. 네가 이젠 무슨 준비든 잘 해내고 있는데 계속 너를 믿을 수 없다는 듯이 의심을 하니 기분이 상한 것 아닐까? 엘리는 엄마가 다 했냐고 물어봐도 약간 기분 상해했잖아. 잘하니까 걱정하지 말라는 투로 말이야. 게다가 동등한 친구인데 아랫사람 대하듯이 말하면 무시하는 느낌이 들어서인 것 같아. 엄마는 사람을 돕는 좋을 일을 할 때도 돕는 사람의 생각도 존중해주면서 해야지 아니면 무례한 게 되는 선이 있다고 생각해. 그래서 네가 기분이 나빴던 거 같구나. 그러면 친구가 또 그런 문자를 보내면 어떻게 하는 게 좋겠니?

엘리 : 친구와는 계속 사이좋게 지내고 싶은데, 아직도 어떤 식으로 말해야 할지 모르겠어.

엄마 : 좀 전 엄마에게 이야기했듯이 먼저 솔직하게 네가 느낀 감정을 얘기해주고 이유를 말해주고 앞으로 어떻게 해줬으면 좋은지 구체적으로 너의 바람을 말해주면 된단다. 잘 모르겠으면 엄마가 대략 종이에 적어볼 테니 네가 보고 정리해서 또 이런 일이 생기면 친구에게 정중히 답을 보내봐.

이렇게 나는 딸과 대화 나누었던 감정과 원인, 바람을 정리하여 보여주었다.

'친구야 내가 그동안 오래 생각해 보았는데 말이야. 네가 그동안 나를 도와주려 한 것은 감사하게 생각해. 그런데 요새 갑자기 불러서 명령조로 말할 때 내가 많이 불편했어. 그리고 내 개인 사정을 묻지 않고 핀잔하는 말투로 보내는 내용도 속상했고. 무시 받는 느낌이야. 우린 친구잖아. 칭찬이든, 꾸지람이든 앞으로는 내가 책임질 거야. 내가 잘 할 수 있으니 친구로서 앞으로 이런 내용의 문자는 주고받지 않았으면 해.'

나는 엘리에게 기분이 나쁠 때도, 바쁠 때도 다른 친구들에게도 부드럽게 대답했냐고 물어봤다. 그랬더니 친구에게 문자 등 연락이 올 때 'NO'라는 대답이나 '읽씹'을 하면 친구 관계가 끊어질까 봐 즉시 부드럽게 답했다고 했다. 딸은 친구의 감정이 상할까 봐 걱정하는 것이 우선이었고 자신의 감정이 상하는 것은 배려하지 못하며 지내오고 있었다는 것을 알게 되어 속상했다.

엘리는 친구에게 문자를 아직 보내진 않은 것 같다. 자신의 감정을 엄마와 공유한 것만으로도 안정이 되 보였다. 게다가 자신의 불편한 감정의 정체를 깨닫고 자신의 욕구를 정의 내리고 표현하기만 해도 벌써 마음의 짐을 벗은 듯 밝은 얼굴로 매우 홀가분해 보였다. 나는 딸이 이런 고민을 나와 함께 나누고 알려줘서 너무 고맙고 기뻤다. 나의 어린 시절에는 그런 것을 모르고 답답한 채로 지내며 좌충우돌하며 지냈는데, 나는 딸을 도울 수 있으니 얼마나 다행인지. 딸이 앞으로도 이번 일을 계기로 자신의 감정을 소중히 잘 살피고 자신의 욕구도 잘 표현할 줄 아는 힘이 생기는 것 같아 너무 뿌듯하고 안심이 되었다.

감정의 너울을 넘어 전진하는 비법,
가만히 들어주기

강원도 안반데기에서 아들과 함께

첫째 아들인 다니엘은 중3이다. 유치원 시절부터 짓궂은 친구들이 약한 친구를 괴롭히는 것을 막아주다가 대신 맞고 왔다고 자랑스럽게 말했던 의리와 매너가 넘치는 아이이다. 초등학교 2학년 때는 펜을 자주 떨어뜨리는 여동생을 도울 방법을 찾다가 '만능 책상'이라는 발명품을 뚝딱 만들어냈다. 4학년 때는 욕실에서 미끄러지셔서 다치실 뻔하신 할아버지 소식을 듣고 안전한 욕실 바닥 구조를 찾아야겠다며 안타까워했다. 움직이기 힘드신 할아버지를 위해 초전도 휠체어가 있으면 좋겠다고 설계도를 그리며 실현되는 날이 빨리 왔으면 좋겠다고 했다. 이렇게 다니엘은 가족을 소중히 여기고 무엇인가 사람을 돕고자 하는 마음이 많은 기특한 아이였다.

그런 마음가짐으로 살아서인지 중학교에 가서도 친구들, 선생님이 좋다며 학교가 너무 재미있다고 신나게 다녔다. 항상 필통에 여분의 필기구와 여분의 준비물을 가져가서 부족한 친구가 있으면 나눠주느라 책가방은 늘 무거웠다. 어떤 날은 대걸레도 사달라고 하여 하교 후 혼자 청소한 적도 있다. 도움이 필요한 친구나 상담을 청하는 친구가 있으면 기꺼이 도와주기도 했다. 공부도 학원 없이 집에서 성실히만 하면 잘 할 수 있으니, 학원 오가는 시간 대신 가족과 함께 있는 시간을 가지는 것이 좋겠다고 했다. 문제집 정답지가 바로 옆에 있어도 답을 훔쳐보지 않는 믿음직함도 있다. 그러다 보니 주변 사람들은 아들의 성실함, 정직함, 온화한 성품을 인정해줬고, 나중에 커서 대통령 후보에 오르면 꼭 찍어준다는 친구들과 선생님이 있었다고 한다. 이렇게 지금의 다니엘은 자기가 하고 싶은 것, 즉 욕구를 명확히 깨닫고 준비해 실천하고, 자신의 감정이 무엇인지 싫다, 좋다, 속상하다, 기쁘다 등 마음껏 표현하고 대화하는 편에 속한다.

사실 다니엘은 어릴 적에는 자기 의사 표현이 아주 많았던 편이 아니었다. 유치원 끝날 때 내가 데리러 가면 아들은 눈만 껌벅껌벅하고 별말 없이 무뚝뚝한 반응을 보였다. 나는 그게 너무 서운했다. 그래서 어떤 날은 엄마가 싫은 거냐고 조그마한 아들에게 투덜댄 적도 있다. 아들이 나를 별로 반가워하지 않는 줄 알고 말이다.

"다른 애들은 엄마가 마중 나오면 '엄마~~~!!!' 하고 소리 지르며 반갑게 엄마를 부르거나 달려와 안기는데, 다니엘은 왜 안 그랬어?"

라고 어느 날 물었다. 아들은 말했다.

"엄마가 보고 싶었는데, 엄마 얼굴을 보니 눈물이 나서 눈만 껌벅껌벅하고 꾹 참느라 그랬지."

아차! 싶었다.

'지금까지 내가 아이 욕구와 감정을 살필 줄 모르고 오해했었구나. 좀 더 세심하게 관찰하고 이야기를 들어 주는 엄마가 되야겠다.'

라고 생각했다. 아들의 마음을 알아주지 못한 것이 얼마나 미안한지. 그래서 그 이후로 아들의 마음을 알아가도록 노력을 많이 했다. 아들은 '왜?'라는 질문이 많은 아이였고, 그러면 나는 책이나 핸드폰으로 되도록 바로 궁금증을 해결해 주도록 했다. 보통 내가 처음에 사용하던 대화 패턴은 '위로하기, 맞장구치기,

조언하기' 등이었다. 하지만 시행착오를 겪으며 그것보다는 '가만히 들어주기'라는 대화법을 많이 사용하였다. 그 방법이 아들의 감정을 가장 편하게 해주는 것 같았기 때문이다. 생각해보니 결혼 전 아가씨 시절에 친아버지의 말씀을 매일 1시간에서 3시간까지도 가만히 경청하기를 잘했던 나였기에 가만히 들어주기에 대한 훈련과 경험이 많았다. 그때도 내가 위로나 분석 등을 하면 아버지는 더 심기가 불편해지셨고, 긍정적으로 가만히 들어드리면 마음이 안정되시는 것 같았다. 그 경험을 토대로 아들의 이야기를 공감해주며 계속 가만히 들어주는 방향으로 지내다 보니 유치원에서 어떤 일이 있었는지 상세히 묘사하며 표현이 늘어갔다.

초등학교에 가서 아들은 더 표현이 많아졌다. 친구들과 선생님에 대한 에피소드와 배운 것에 대한 견해, 느낀 점, 등 시시콜콜한 것까지 이야기해줬다. 이야기를 듣다 보면 밤 12시는 기본이고 새벽 2시를 넘긴 적도 허다했다. 나는 4살 차이 어린 둘째도 돌봐야하기에 체력적으로 힘겨웠지만 '충고/조언/바로잡기, 분석/진단, 조사/심문하기, 평가/빈정대기, 한방에 딱 자르기' 등의 대화는 되도록 삼가며 들어주었다. 이런 대화법을 쓰게 되면 아들은 더 답답해하고 격한 감정의 찌꺼기가 생기는 역효과가 나타나서 그랬던 것 같다. 나는 항상 가만히 들어주기만 했는데 어릴 적 표현하지 못하고 눈만 깜박깜박했던 아들이 점점 더 밝아지는 모습이 보기 좋았다.

　가만히 들어주기는 들어주는 사람이 겉으로 아무것도 안 하는 것 같지만, 많은 에너지가 필요하고 생각보다 쉬운 일이 아니다. 많은 인내심과 이해심, 기억력, 공감 능력, 체력, 그리고 무엇보다도 충분한 시간이 필요하다. 아들의 감정에 따라 나의 감정도 흐렸다 맑았다 감정의 너울을 탈 수도 있다.

　또한 가만히 들어주기는 한 번에 끝나는 것이 아니다. 감정의 바다는 영원히 잔잔하기만 할 수 없기 때문이다. 질풍노도의 중학교 시절도 나름 잘 보내는가 싶었는데 코로나19로 인해 중학교 2학년 시절부터 인생에서 삭제당한 기분이라고 하며, 너무 우울해하고 속상해했다. 그러더니 중학교 2학년 2학기말, 며칠 고민 끝에 결심하고 전교 회장 선거에 나가야겠다고 말했다. 감사하게도 회장에 당선된 후 아들은 말했다.

　"작년엔 축제도, 수련회도 없고 아쉬운 학창 시절을 겪은 친구들에게 온라인 축제라도 개최하며 추억을 만들어주고 싶어."

　이런 굳은 결의를 실현하기까지 참 험난한 일이 많아 보였다. 예전과 달리 코로나19 재난 상황으로 학교에서 직접 만나 자주 회의하기도 어려운 상황인데 이번 학생회는 세상에 없던 온라인 축제라는 것을 구상하며, 새로운 메뉴얼을 만들어야 했기 때문이다. 아들은 학교에 가는 날을 예측할 수도 없는 가운데 친구들, 여러 선생님들과도 즉각 연락하기 힘들어하며 이야기했다.

"친구들에게 카톡을 보냈는데, 오래도록 확인 안 되는 친구도 많아. 불과 몇 초 전 연락이 와서 답을 서로 주고받았는데 갑자기 연락이 두절되는 친구도 있어. 상황 설명도 없고… 다들 학원 등 스케줄이 바쁜 것은 이해가 가지만…"

그래서 나는 아들의 입장에서 "많이 답답하고 당황스러웠겠구나." 라고 공감 대답을 해주었다.

또 시간이 흐른 뒤 다니엘은 어렵게 합의 본 계획일지라도 다른 돌발 상황이 생기면서 계획을 몇 번이고 연기하고 다시 짜는 등 일이 반복되어 당황하는 일이 많아 보였다. 나는 그저 아들의 이야기를 들어주는 것뿐, 도울 수 있는 일이 없어서 속상했다. 아들은 말했다.

"학교에서 친구들과 선생님을 몇 번이고 찾아갔는데 만나기가 어려워. 이제 온라인 수업이라 학교에 가지도 못하는데… 어서 합의하고 결정 내리고 허락받아야 할 일이 있는데…"

아들이 너무나 답답해하고 힘겨워하니 나도 뭔가 도와야 할 것 같아서 나도 모르게 '조언'이라는 대화법을 써봤다.

"연락이 빨리 안 되니 어쩌지. 그럼 선생님과 친구들에게 무전기를 사용해보자고 해야 하나?"

라고 말이다. 그랬더니 아들은 대답했다.

"에잉? 무전기? 그 많은 사람들이랑? 내가? 그걸 진짜 쓸 수 있어?"

그게 말이 되냐는 듯한 아들의 대답을 듣고 나는 아들을 돕겠다고 아이디어를 내보았지만 말해놓고도 딱히 상황 해결에 도움이 안 되는 것 같아 더 답답해진 느낌이었다.

아들이 힘든 점을 이야기하면 나는 애간장이 탄다. 내가 무엇인가 행동해야 할 것 같고, 말하는 사람의 출렁이는 감정이 전염되듯 나의 마음도 무겁고 답답한 느낌이 든다. 하지만 어떤 조언이나 충고, 분석과 평가는 아무런 도움이 안 된다. 아니 오히려 역효과가 생긴다. 내가 마음을 잘 가다듬고 감정의 너울이 잔잔해질 때까지 이야기를 들을 때 공감해주며 계속 가만히 들어주기 모드를 유지해야 한다. 그러면 아들은 감정의 너울을 뚫고 스스로 힘차게 전진해나갈 힘이 생기기 때문이다.

6월부터 축제 준비를 어렵게 준비해오던 다니엘은 축제가 열리는 12월이 되어서는 정말 많이 힘겨움을 토로했다. 특별 출연하기로 한 학생회 파트가 이제 마지막 촬영까지 몇 번 안 남았기에 아침마다 사과 한 조각 먹고 냅다 뛰어가고, 점심도 과일 한 조각 먹고 연습실로 달려갔다고 말했다. 완성도 높은 영상을 위해 각종 촬영 장비도 알아보고 구비하여 크로마키 무대까지 직접 만들었다. 수시로 바뀌는 방역 수칙 지키랴, 친구들 스케줄 맞추랴, 자기 공부 챙기랴 삐쩍 말라가는 아들을 보면서 엄마로서 참으로 속상하고 안타까웠다. 아들이 리더의 무게를 끝까지 잘 견디어내기를 바라며 힘듦을 토로할 때마다 정신을 가다듬어 '가만히 들어주기' 대화법을 선택했다. 아들의 말을 새벽까지 그만하고 싶을 때까지 들어주면, 아들의 감정과 함께해주면, 터질 듯한 아들의 감정은 안정이 되어 스스로 해결책을 찾아갔다. 결국 무사히 화기애애한 분위기로 준비를 마치고 며칠 밤 컴퓨터와 씨름을 한 후 영상을 편집해서 축제를 마무리했다. 다니엘은 전 학년 친구들이 찍어놓은 전체 영상도 마무리 편집하며 이렇게 말했다.

"영상을 보니 정말 즐거워하는 것 같아. 축제를 개최한다고 결정하고 지금껏 힘들어도 포기하지 않고 이끌었는데, 이렇게 많은 학우들이 행복해하는 모습을 보니 정말 좋아."

아들은 말로 더 이상 표현하지 않았지만, 영상 속의 친구들이 즐거워하는 모습을 보고 그간 힘들었던 일들에 대한 보상을 받는 것처럼 뿌듯해했다.

"내가 얼마나 배려하고 참고 애탔는지 몰라줘도 괜찮아. 내가 감투만 바라고 전교 회장 선거에 나간 게 아니라 힘들 것 각오하고 나간 건데. 비록 신경 쓰느라 공부 시간이 부족했지만, 고등학교 때 더 열심히 공부하면 돼지."

축제를 마치며 선생님과 친구들끼리 서로 정말 수고했다고 많은 덕담을 나눴다는 얘기도 들려왔다. 나는 훈훈하게 축제를 마치는 모습을 보면서 아들이 앞으로 더 크고 넓고 깊은 마음으로 많은 사람을 지혜롭게 품고 가는 사람이 되겠구나 싶어 기특했다. 또 그간 마음고생, 몸 고생한 것을 지켜본 것이 생각나 마음이 짠하기도 했다.

그래서 '부모교육코칭전문가 과정'에 『가만히 들어주었어』라는 동화책이 너무 반가웠다. 그 동화책에서 주인공 아이가 속상해할 때 수많은 친구들이 온갖 방법의 대화를 걸어주었지만 결국엔 '가만히 들어주기'만 한 토끼를 통해 주인공 아이는 다시 힘을 얻을 수 있었다는 이야기이다. 나는 정말 그 효과를 다니엘의 많은 이야기를 들어주면서 체험했다.

물론 아이들의 교육에 대해 돌아보면 첫아이라서 처음이라서 아들에게 실수한 것, 못 해준 것만 생각나서 너무 미안할 때도 있다. 그래도 아들이 이제는 조금 커서 자기감정을 다양하게 표현할 줄 알고 스스로 해결하는 모습으로 성장한 것이 너무 기쁘다. 성숙한 어른이 되어가는 것 같기 때문이다. 그리고 나도 이렇게 표현하는 아들의 이야기를 '가만히 들어줄 수'는 것으로 도움이 되어서 기쁘다. 아마도 딸 엘리도 오빠가 엄마에게 이런저런 얘기를 하는 모습을 많이 보아서, 자신이 힘들고 고민될 때 선뜻 나에게 이야기하는 것 같아서 감사하고 기쁘다.

혼자 아닌 혼자 같은 나의 어린 시절
vs 다정한 껌딱지 아들과 딸

2018년 겨울 방학 휴가 남매, 2020년 눈이 펑펑 온 날 공원에서 남매,
2021년 강원도 안반데기 전망대에서 남매

결혼 전 어머니, 아버지, 오빠, 나 이렇게 네 식구였던 나는 혼자가 아님에도 불구하고 어린 시절부터 거의 혼자 지낸 기억이 많이 남는다. 6.25를 겪고 힘든 시기를 이겨낸 부모님은 말이나 감정 표현보다는 행동하는 삶을 보여주셨다. 엄청나게 부지런한 부모님은 '정말' 중요한 새벽 기도를 빠지지 않고 다니시는 '정말' 성실한 분들이셔서 항상 저녁 8시면 주무셨다. 그나마 내 말을 들어주던 8살 차이 나는 오빠는 '정말 중요한' 결혼을 하게 되어 집을 떠났다. 게다가 오빠가족은 얼마 후 미국으로 '정말 중요한' 유학을 떠나 연락하기도 쉽지 않게 되었다. 이후 유쾌하고 밝은 남편을 만나 연애하고 결혼했지만, 남편도 '정말 중요한' 회사에 다녀야하므로 저녁엔 자격증 준비 등으로 집에 일찍 오지 못했다. 그건 당연한 일이었다.

　생각해보니 나의 부모님은 너무나 나이가 많으셨다. 게다가 아버지는 하나뿐인 친척 작은 아버지께서 미국으로 가셨기에 어머니와 서로만을 의지한 채 가정을 일으켜야 한다는 중대한 목표로 인생을 사셨다. 나는 오빠와 8살이나 차이 나는 늦둥이인 처지라 내가 혼자 지내야 할 시간이 많을 수밖에 없었다. 하지만 부모교육코칭전문가 과정 중 보았던 그림책 『돼지책』에서 나오는 표현 중에서 엄마를 제쳐두고, 또는 홀로 두고 나머지 가족들은 각자 '정말 중요한 일들을 했다'라는 상황을 보며 나의 어린 시절도 혼자 아닌 혼자 같은 시절이었다는 느낌이 들 수밖에 없었다. 원래 말보다는 묵묵히 행동하며 성실함을 최고의 덕목으로 살아왔던 나. 혼자서 열심히 사는 삶이 그렇게 싫게 느껴지지는 않았다. 성실함은 내 삶에 좋은 성과를 가져다 준 장점으로도 작용했기 때문이다.

그런데 결혼하고 첫째 다니엘이 태어났다. 잠투정이 엄청나게 심했던 다니엘과 나는 낮이고 밤이고 같이 지내게 되었다. 내가 서서 안아주면 자고, 다른 사람이 안아주면 안자며 껌딱지처럼 나에게만 붙어있던 다니엘. 내가 잠시 수업을 받고 오거나 직장에 나가면 유독 많이 울던 다니엘. 그렇게 함께 지낸 다니엘은 어릴 적부터 매우 다정한 아이였다. 어느 날 집안일을 하다 초췌한 모습으로 있는데 유치원생 아들은 내 사진을 찍길 원하길래

"엄마는 화장도 안 하고 자신 없는 모습으로는 사진 찍기 싫구나." 라고 말했다. 그랬더니

"엄마! 엄마는 화장 안 하고 씻지 못해도 있는 그대로 아름다워!" 라고 말해주어 깜짝 놀랐다.

왜냐하면 내 부모님께도 그런 표현은 들어본 기억이 안 나서 매우 생소했기 때문이다. 나는 고등학교 수학 만점을 받은 적도 있고, 한 번에 원하는 대학교에 합격하고, 많은 대회에 나가 상도 타봤지만 잘했다는 말, 예쁘다는 말을 못 들어봤다. 주로 부족하거나 실수한 점에 관해 이야기를 들었다. 나름대로 최선을 다

해 열심히 살았던 나는 마음에 그게 늘 걸렸고, 30살 가까이 돼서야 아버지께 왜 칭찬을 안 해주셨냐고 울면서 물은 적이 있다. 아버지께서는 칭찬해주면 나의 열정이 멈출까 봐 무서워서 칭찬할 수가 없었다고 하셨다. 이런 가정 분위기에서 자란 나는 아들에게 그런 다정한 말을 처음 들어보고 표현할 수 없는 뭉클한 마음이 들었다. 그래서 그 순간을 아직도 잊을 수가 없다. 아마 평생 못 잊을 것이다.

둘째를 가지면서 나는 입덧이 심하게 오고 살도 70kg까지 쪘다. 몸무게는 둘째를 낳고도 빠지지 않았다. 허리, 무릎, 발바닥까지 아파 몇 달간 집 밖으로 나가지도 못했다. 아들은 잠자기 전 책도 못 읽어주고, 씻겨주지도, 놀아주지도 못하고, 외출도 못 하는 엄마 때문인지 매우 어두운 얼굴을 하고 지냈다. 떼쓰지 않고, 동생을 질투하지도 않고 그저 풀 죽어 지내는 아들의 모습이 너무 속상했다. 나는 다정했던 아들이 다시 웃는 모습을 보기 위해서 살을 빼고 함께 나들이를 가야겠다고 마음먹었다. 굳은 결심을 하고 아침저녁 틈틈이 운동과 식단 조절을 통해 6개월 만에 살을 20kg나 뺐다. 그랬더니 진짜 발바닥, 무릎 등 아프던 것이 나아서 아들과 온갖 박물관과 공원에 나들이를 다녀왔다. 그때 아들의 얼굴이 얼마나 행복해 보이던지!

아들처럼 딸 엘리도 정말 상냥했다. 딸은 아직도 내가 먼저 잠들면 안 된다며 꼭 안아줘야 잠든다. 엘리는 어릴 적엔 내 옆구리를 발로 찌르고 엄마가 옆에 있나 확인하며 자는 버릇이 있을 정도로 아플 때도, 건강할 때도 밤새도록 함께했다. 나의 부모님은 힘들거나 아프셔도 아무 내색도 안 하고 꾹 참고 견디시는 스타일이셨다. 잔병치레가 많았던 나는 몸이 안 좋은 날 내 방에 혼자 누워 견디는 편이었다. 가뜩이나 힘들어하시는 부모님께 심려 끼쳐 드리는 것이 싫었기 때문이다.

하지만 엘리는 어려서부터 내가 아프거나 힘들어서 누워있으면 먼저 자꾸 다가왔다. 시키지도 않았는데 자기가 들고 올 수 있는 최선의 음식인 귤이라도 그릇에 가져다주었다. 조금 커서는 밀크티도 직접 만들어주고 몸을 코믹하게 만들어서 나를 웃게도 만들며 아플 때 혼자서만 이겨내던 나에게 다가와 응원해 주었다. 남편 또한 연애 시절에도, 결혼 후 첫째를 낳았을 때도, 대학원 다닐 때도, 둘째를 낳고 다시 지휘자 생활을 할 때도 늘 후원해주고 집안일도 도와주고 다정하게 챙겨주었다.

다정한 아들은 여동생에게도 무척 잘했다. 힘껏 목마도 태워주고, 잘 때 팔베개도 빌려주고, 잠들기 전 동화책도 성우처럼 재미있게 읽어줬다. 딸은 어떨 때는 나보다도 오빠를 더 좋아하는 것처럼 오빠만 보면 깔깔 웃는 오빠 바라기였다. 우리 모두에게 이렇게 다정하고 소중한 아들이 초등학교 고학년부터 슬슬 사춘기가 오더니 방문을 잠그고 들어가서 잘 나오질 않았다.

나는 아들이 방에서 혼자 지내는 시간이 많아지자 처음에는 매우 답답하고 어색했다. 아들의 얼굴을 보고 싶은 마음에 수시로 나오라고 부르기도 했다. 하루는 마루에 나오지 않는 아들에게 물었다.

"다니엘, 방에서 주로 무엇을 하느라 이렇게 안 나오니?"

아들은 말했다.

"나는 숙제나 공부할 때 주변이 조용하지 않으면 신경이 너무 쓰여 집중이 안 돼요. 아마 학원에 가면 신경 쓸 것이 많아서 생각보다 공부하기 힘들었을 듯해요. 그래서 집이 훨씬 집중이 잘 돼서 좋아요. 그리고 공부를 마치면 혼자 있는 시간에 주로 사색하기를 즐기거나 그림을 그려요."

아들은 성격이 선하고 올곧은 아이라서 무례하거나 거칠게 온 사춘기가 아닌, 방에서 사색에 잠기고 취미활동을 하며 혼자만의 시간이 필요한 듯했다. 그래서 나는 아들의 방문이 열릴 때까지 기다려주었고 그러고 나면 아들은 식사 시간이나 저녁 잠들기 전에 나와 숙제나 활동한 이런저런 얘기를 계속 밝게 늘어놓았다. 하지만 초창기 잠긴 오빠의 방문 앞에서 처음 맞이한 오빠와의 오랜 헤어짐에 엘리는 풀이 죽어 말했다.

"엄마! 오빠 언제 나와? 오빠 사춘기 언제 끝나?"

닫힌 방문 앞에서
심해에 잠겼던 기억이 떠오르다

강릉 헌화로 동해안 7번국도에서 본 바다

닫힌 방문 앞에서 힘겨워하던 딸의 모습은 나의 어린 시절 기억을 떠오르게 했다. 나도 어릴 적 닫힌 오빠의 방문 앞에 똑같이 서 있었다. 나와 놀다가 시험공부 해야 한다면서 이층집 계단으로 뛰어 도망치던 오빠를 쫓아갔지만 8살 차이 나는 오빠를 따라잡진 못했다. 쿵! 하고 닫힌 방문 앞에 혼자 있던 나. 그때의 감정은 생각이 잘 나지 않지만 아마 딸이 지금 느끼는 혼자 남겨진 고립감과 외로움이 있었으리라. 그런 감정이 떠오르며 엄마인 나도 힘겨웠던 오빠의 닫힌 방문 앞에 딸과 나는 서로 더 의지해서 지냈던 것 같다. 그런데 어리기만 했던 딸도 사춘기가 되어 방에 콕 박혀있으니 이젠 진짜 나만 혼자 남겨진 기분이다. 게다가 요새 내가 평생 좋아한 음악마저도 나를 버린 듯 느낌이 든다. '정말 중요한' 사람들의 생명을 코로나19로부터 지켜야하기에 음악도 없이 또 혼자 견디게 되면서 더 감정이 출렁이는 것 같다.

그동안 아플 때나 힘들 때 혼자 꿋꿋이 이겨내는 연습을 하며 살아온 나에게 남편, 아들, 딸이 보여준 살가운 표현들과 밤이고 낮이고 함께한 시간들은 돌아보지 않았던 나의 지난 감정까지도 살아나게 만든 듯하다. 마치 '부모교육코칭전문가 과정'에서 보았던 『돼지책』의 주인공 엄마가 느끼는 기분이랄까? 이상하게도 '혼자 남겨진 기분'은 곧 '나는 이제 별로 중요하지 않은 사람'이라는 뜻이라 느껴진다. 내가 어릴 적 구체적으로 그 당시 나의 감정을 들여다보거나 표현했던 기억이 나지 않는다. 커가면서 성실히 앞으로 달려가기만 했지, 그때그때 나의 감정을 생각해본 적이 없는 것 같다. 그래서일까? 이번에 닫힌 딸의 방문 앞에서 나는 왠지 더 울컥울컥하는 감정을 마주하고는 좀 당황스러웠다.

다정한 아이들과 지내며 나는 성실히 목표를 향해 달려가는 것도 좋지만, 가족들이 매 순간 각자의 감정과 욕구를 소중히 여기고 표현하는 것도 꼭 필요하다는 생각이 들었다. 미처 살펴주지 못한 감정들, 꾹꾹 누르며 무시해버린 욕구는 언젠가 다시 불쑥 튀어나와 삶을 흔들어 놓을 수도 있구나 싶다.

막내였던 나는 발언권보다는 주로 부모님의 말씀을 조용히 경청하며 지냈다. 항상 나보다 어른들이 좋은 의견과 말씀을 하셨기에 어린 나는 늘 부족해 보였다. 자연스레 언변에는 자신이 없었고 사람들에게 나의 감정을 드러낸다는 것이 부끄러워 주로 일기장에 생각나는 대로 표현했던 것 같다. 가족들이 각자 삶에서 성실히 사는데 나만 가만히 있으면 안 될 것 같았다. 마치 나의 딸이 오빠가 사춘기가 와서 놀아주지 않고, 코로나19로 인해 집에 갇히게 되자, 쉬지 않고 새로운 취미 생활을 찾아 헤매고, 친구들과 밤새 교류하며 지내는 것처럼 말이다.

나는 공부로 혼자 있는 시간을 승화시키고 신앙생활을 통해 위로받으며 지냈던 것 같다. 나는 주로 중고등학생의 할 일인 공부에 집중하고, 취미로 피아노와 노래를 하며 시간을 보냈다. 내 마음속의 감정들은 10권이 넘는 일기장에 매일 소리 없이 끄적거리며 적어 놓았다. 감사하게도 나는 은인 같은 스승님을 만난 덕분에 열정을 기울인 결과 1년 만에 기적처럼 원하는 음대에 합격했다. 합격 당시 나는 정말 복이 많고 감사할 것이 많은 사람임을 깨달았다. 가족들은 내가 무언가를 열심히 해도 칭찬하는 분위기는 아니었지만, 분명한 것은 나를 위해 항상 기도해 주시는 내 편임을 알고 있기 때문이다. 그래서 은혜를 갚으며 살아가야겠다고 마음먹었다. 복 받은 사람으로서 나보다는 가족과 다른 사람들을 더 먼저 배려하면서 살아야겠다고 생각했다. 그런데 그렇게 살다 보니 어느 새 나의 감정과 욕구는 돌아보지 않고 마치 지금의 나의 딸처럼 사람들에게 거의 'Yes'만 하며 사는 날이 많아졌다. 나의 감정과 욕구를 존중하지 못했기에 힘든 날도 생겨난 것 같다.

그러다 이번에 '부모교육코칭전문가 과정'을 들으면서 첫 시간에 내가 하고 싶은 '욕구 목록'을 보고 깜짝 놀랐다. '세상에, 이렇게 욕구가 많았구나!' 그리고 평소 나 자신의 욕구와 감정을 상세히 살피지 않고 살아왔다는 것도 알게 되었다. 나의 욕구와 남의 욕구 모두 중요하다. 나의 감정과 상대방의 감정 모두 소중하다. 욕구라는 것은 다 채울 수도, 채워질 수도 없는 것이다. 나의 욕구를 남에게 의존하여 다 채울 수 없고, 내가 남의 욕구를 다 채워줄 수도 없다. 나의 욕구는 내가 채우며 지내야 한다. 그래야 나와 상대방 모두 편안해진다. 이렇게 생각하니 그동안 어깨를 짓눌러 왔던 큰 짐을 벗어놓은 듯 가슴이 매우 가벼워졌다. 이제라도 이런 정의를 내릴 수 있게 되어 매우 다행이라 생각한다.

지금까지는 부모님의 힘겨운 얼굴, 뭔가 필요로 하는 듯 한 다른 사람들의 모습이 보이면, 나는 힘들어도 뭔가를 빨리 나눠줘야만 할 빚이 있는 것 같았다. 이제는 빚진 마음과 받은 복을 나누고 싶은 마음이 있어도 나의 감정을 보호하고 욕구를 표현해야 한다는 생각이 든다. 남의 감정과 욕구를 대신 짊어지고 걱정하며 표현하지 않고 꾹꾹 참으며 살면서 정말 후회스러운 일도 참으로 많이 생겼기 때문이다. 학교 음악 선생님으로서 생활을 할 때도 그랬다. 속상해도 상대에게 표현하지 않던 나. 마치 나의 딸이 친구가 자신도 모르게 보낸 무례한 카톡을 긴 시간 동안 받으면서도 그 친구가 상처 받을까 봐 그러지 말라고 표현하지 못한 것처럼 말이다. 늘 나보다는 남의 기분이 상할까 봐 나의 기분은 생각하지 않고, 남이 실수하면 그럴 수 있지 하고 이해하고 넘어갔다. 그리고 말을 꺼냈다가는 괜히 싸우는 모양새가 되길 원치 않았다. 사람들과 항상 평화롭게 지내길 원했기 때문이다. 그렇게 참고 참았다가 나중에 정말 힘들어져서 속상했던 점을 조금이라도 말하면 상대방은 오히려 이렇게 화를 내는 경우도 생겼다.

"네가 왜 속상해?"

"네가 왜 마음이 아파?"

"너 괜찮은 거 아니야?"

남의 실수를 포용해주면 내가 얼마나 배려해줬는지 아는 줄 알았더니 다른 사람들은 오히려 나는 상처도 받지 않고 아픈 걸 모르는 사람으로 알고 있었다. 나도 감정이 있는 사람이고 표현을 안 했을 뿐인데 말이다. 사실 둘째 낳고 아들의 웃음을 보고 싶어서 몸무게 20kg 뺄 때도 중간에 힘든 고비가 많았다. 운동하는 내내 뚱뚱한 나의 몸을 볼 때마다 선배 교사인 언니가 내 귀에 사람들 몰래 속삭인 말이 떠올라서 나의 마음을 쓰라리게 만들었기 때문이다.

"넌 뚱뚱하니까 이번 심부름할 때 뛰어가도록 해!"

"넌 뚱뚱하니까….."

내 귀 가까이 그런 말을 조용히 속삭이고, 사람들 보는 앞에서는 사뭇 다른 표정으로 미소를 띠며 심부름할 서류를 건네주었던 장면이 자꾸 떠올랐다. 그때 나는 막대기로 맞은 듯 멍한 고통에 머리와 몸이 얼어붙은 자세로 있었다. 게다가 나는 아무 반박도 못 하고 얌전히 심부름을 다녀왔다. 교직 생활을 할 당시 몸은 그렇게 뚱뚱한 편도 아니었지만, 그 말이 특히 가슴에 맺혔다. 나는 지금껏 상대방이 실수를 하거나 부족한 점이 있어도 사람들이 다 보는 곳에서 부끄러울 정도로 대놓고 지적질 하거나 공격해 본적이 없었다. 상대방이 부족하면 채워주고, 실수하면 덮어주며 최선을 다하고 배려해준 만큼 상대방도 나를 존중해 줄 것이라 생각하고 살았기 때문이다. 그게 사람들이 서로 사이좋게 살아가는 방식이라고 생각했다. 둘째 출산 후 엄청나게 불어난 몸을 보며 잊었던 것 같던 그 쓰라린 말이 자꾸 생각나서 뚱뚱한 나는 세상에 있으면 안 되는 존재 같았다. 그래서 내 몸에 붙어있는 살을 볼 때마다 더 괴로웠다. 쓰라린 말을 떠올리다 보니 그뿐만 아니라 나의 감정은 배려하지 않은 사람들의 거칠고 무례한 말과 행동들이 마구 생각나기 시작했다. 그런데도 나는 얼마나 속상했고, 상처받았는지 상대에게 한마디 표현하지 못했다는 점이 가슴을 먹먹하게 만들어서인지 아직도 나의 꿈에 가끔 그런 장면들이 악몽처럼 나오곤 했다. 다행히 표현의 중요성을 깨닫고 과거 표현하지 못했던 나를 응원하는 마음이 생기면서 차츰 악몽도 줄어드는 것 같다. 이제는 겉으로만 보이는 가짜 평화를 지키기 위해 무조건 나를 희생하거나 억누르는 일은 하지 않아야겠다는 생각이 든다.

이제 감정의 바다에, 욕구의 서핑 타며,
마음껏 표현의 세계로 출발!

강원도 계곡에서 여름휴가

아들과 딸은 나와는 달리 자신의 감정과 욕구를 소중히 여기고 표현하며 살았으면 좋겠다. 나의 부모님도 그때 당시 최선을 다해 나를 키우셨다. 나도 덕분에 꽤 괜찮게 잘 자랐고 이에 감사한 마음이다. 다른 부모와 마찬가지로 나도 아이들을 최선을 다해 키우고 싶었다. 그래서 첫째를 가지면서부터 책도 많이 찾아보고, 강의도 듣고 실천하며 지금껏 노력해왔다. 특히 자기 자신의 욕구와 감정을 파악할 줄 알고 남과 나의 욕구를 조화롭게 이루며 자신의 감정을 당당히 표현하도록 안내해 주고 싶었다. 그런데 내 아이들도 학창 시절을 보니 마냥 순진하고 착하게 자기 욕구와 감정표현을 잘 못하며 지내는 것 같이 보일 때도 있어 걱정되고 불안한 마음이 생겨난다. 지난번 딸의 카톡 사건을 마주하며 순간 가슴이 철렁했지만, 딸이 내게 고민을 이야기해준 덕분에 도움을 줄 수 있어서 정말 다행이라고 생각했다.

다니엘은 게임도 잘 안하고, 텔레비전도 잘 안 보는 편인데 요새 흥미 있게 보는 텔레비전 프로그램이 생겼다. 그것은 어린이나 어른의 정신 상담을 해주는 것이다. 다니엘은 프로그램을 보며 부모의 영향이 얼마나 큰지, 아이들은 그렇게 상처를 받고 어른이 돼서도 힘들어한다는 것을 알게 됐다고 한다. 그러면서 엄마가 새롭게 배운 대화법 나-메시지, 비폭력대화, 무패 방법 등을 학교 정규 과정에 넣으면 좋을 것 같다고 말했다. 어렸을 때부터 서로의 감정과 욕구를 파악하고 배려하고 존중하며 대화하면 트러블이 줄 것 같다고 말이다. 또한 대화법도 좋지만 사람들을 보고 아픔을 진단하고 마음을 치료해주는 것이 참으로 멋지다고 자신도 마음과 뇌를 치료하는 의사에 관심이 간다고 말했다.

아들의 말을 듣고 보니 나도 고등학교 시절 꿈이 카운슬러였던 것이 생각이 났다. 그리고 나도 아들의 생각처럼 내 아이들이 더 어렸을 때 이런 대화법을 알았으면 좋았을 것이라는 아쉬움이 생겼다. 내 아이들뿐 아니라 내가 처음 선생님을 시작할 때 이런 것을 능숙하게 알았다면 도움이 필요한 학생들에게 많은 힘이 됐을 텐데 하는 생각도 들었다. 대화법이 어렵다면 친구들끼리, 사제 간에, 부모와 자식 간에 서로 가만히 들어주기를 잘하는 것만으로도 심각한 갈등으로 치닫는 일은 적어질 것 같다. 우리 사회는 지금껏 너무 목표를 향해 열심히 달려가는데 중심을 두고 산 것 같다. 열심히 성실히 목표를 향해 달려가는 것도 좋지만 가끔은 신호등 앞에 잠시 멈춘 것처럼 자신과 가족의 감정을 살펴주는 시간도 꼭 필요할 것 같다.

아이들을 키우다 보니 벌써 반 백 년의 나이로 달려가고 있다. 아이들을 잘 키우는 것 말고도 앞으로 나의 욕구는 무엇일까 생각해보았다. 결혼하고도 친정 가까이 살며 10년 이상 오랫동안 아프셔서, 이야기도 제대로 못 나누고 병환에 괴로워만 하시다가 돌아가신 아버지 곁에서 마음이 너무 아팠다. 그래서 첫째, 나는 나의 아들딸과 남편에게 내가 아픈 모습을 보여주며 마음 아프게 하고 싶지 않기에 앞으로 아주 건강했으면 좋겠다. 몸과 마음 모두 건강하기 위해 몸을 위해서는 귀찮아도 운동을 하고 건강에 좋은 음식 위주로 먹거나 소식을 하고 있다. 마음을 위해서는 이렇게 계속 새로운 공부를 하며 자신을 성찰하고 성장해 나가고 싶다.

　나의 아이들은 사춘기를 보내고 있지만 가족과 함께 여행가는 것을 정말 좋아한다. 휴가만 생기면 우리는 강원도, 인천 , 송도 등 아이들이 원하는 곳을 짧게라도 틈만나면 여행이나 나들이를 다닌다. 아이들은 여행을 계획하면서부터 매우 설레여하고, 여행 가자마자 얼굴이 환해지고, 여행 하는 내내 빛이 난다. 그래서 나의 둘째 꿈은 나이 들어서도 가족과 여가를 보낼 때 그 시간을 아름답고 편안하게 보내고 싶다는 것이다. 앞으로 여행을 좋아하는 아이들은 더 넓고 다양한 세상을 경험하며 살 것이다. 때로는 홀로, 때로는 친구들과, 때로는 가족과 함께 여가를 보낼 것이다. 커갈수록 가족과 함께 할 시간이 많이 부족하겠지만 가족이 함께할 때 눈치 보이고 불편한 분위기가 아닌, 함께 있으면 즐겁고 편안한, 자꾸 함께 시간을 보내고 싶은, 선한 영향력을 주는 아름다운 오드리 헵번 같은 할머니가 되고 싶다. 언제까지나 가족과 더 나아가 손자 손녀들과 소통하고 서로의 감정과 욕구를 존중하고 배려하며 내가 가진 재능과 배운 지혜를 모아서, 가족이 아닌 다른 사람들과도 나누는 아름다운 할머니가 되고 싶다.

　아이들은 커갈수록 감정의 바다는 더 깊고 더 높게 출렁이는 것 같다. 그 출렁이는 욕구의 파도를 함께 타는 것도 쉽지 않은 것 같다. 지금 서툴지만 매일 함께 노력하며 감정의 바다를 누비다 보면 아이들은 혼자서도 멋지게 파도를 타고 다닐 것이다. 아직도 엘리가 밤에 잠들고 나서 꼭 안아주면 마치 엘리가 갓난아기 때로 돌아간 듯 내 가슴은 몽글몽글 포근해진다. 매일 새벽, 아침잠을 깨우기 직전 잠든 다니엘의 머리를 쓰다듬으며 또 내 가슴은 찌릿 뭉클해진다. 아무리 배우고 노력해도 아직도 나는 부족한 엄마 같다. 하지만 매일 노력하면 베테랑 엄마가 되는 그런 날이 올 것 같다.

강원도 안반데기 전망대에서 가족이 함께

이제 나와 아이들에게 이렇게 이야기주고 싶다.

표현해도 돼!

네 마음속 감정이 어떤지 귀 기울여봐!

네 감정도 소중해!

진작 말하지 그랬어!

힘들다고 말해도 괜찮아!

아프면 아프다고 말해도 돼!

속상하다고 말해도 잘못이 아니야!

부모님께는 무슨 얘기를 해도 돼!

무슨 이야기든지 들어줄 준비가 돼 있어!

부모님께는 떼써도 돼!

특히 가족끼리는 눈치 보지 않아도 돼.

실수해도 돼!

조금 못해도 돼!

조금 놀아도 괜찮아!

충분히 열심히 하고 있어.

지금까지 잘해왔어!

상대방의 욕구를 대신 책임지지 않아도 돼!

네가 뭐든 진심으로 좋은 뜻으로 대하는 것 다 알아!

넌 충분히 아름다워!

나의 친정 부모님과 시어머님께도 이렇게 말씀드리고 싶다.

돌아가신 아버지!

6.25 전쟁 시절을 겪으시며

수많은 죽음을 목격하고 얼마나 무서우셨나요.

가족을 지키기 위해 무엇이든 참고 견디느라 표현을 못 하셨군요.

그래서 돌아가시기 전 그렇게 표출하고 힘겨워하셨군요.

지금 천국에서는 안전하고 편안해하시길….

남아계신 어머니!

자녀들 먹이고 입히고 재우기만도 벅찬 시기를 살아오시느라

자기 욕구는 챙기지 않고 억누르고 사시느라 얼마나 답답하셨나요.

이제는 가슴에 한이 남지 않으시길…

멀리 계신 시어머니!

일찍 홀로되시고 아이 둘을 키우시느라 얼마나 고생하셨을까요.

요새 코로나로 아들, 며느리, 손주도 자주 못 보고 얼마나 속상하

실까요.

결혼 후부터 지금까지 며느리가 공부하고 직장 다녀도

항상 이해와 응원을 보내주셔서 감사합니다.

모두 지금껏 최선을 다해 키워주시느라 수고 많으셨습니다.

이제 어디서든 누구를 만나시든 자유롭고 편안하셨으면 좋겠습

니다!

내 가족에게도 이렇게 말해주고 싶다.

남편 데이빗! 지금까지 힘들지만 우리 가정의 든든한 울타리로 지내주어 고마워요!

당신 덕분에 험난한 세상에서 귀한 아이들을 잘 지킬 수 있었어요!

곧고 선한 심성을 가진 다니엘! 용기를 내렴!

너라면 충분히 고등학교라는 강을 힘차게 뚫고 더 멋진 바다에 나갈 수 있어!

밝고 다정한 심성을 가진 엘리! 자신감을 가지렴!

어디서든 부끄러워하지 말고 당당해도 돼!

다니엘! 엘리! 지금까지 건강하고 올바르게 잘 자라주어서 고맙구나!

너희들은 있는 모습 그대로 원래부터 훌륭한 아이들이야!

엄마, 아빠는 너희들이 넓고 높고 깊은 꿈을 마음껏 실현하며 살아가길 늘 응원 한단다!

같이 함께 있어 주어 고마운, 존재만으로도 기쁨을 주는 우리 가족!

데이빗! 나! 다니엘! 엘리!

그 어떤 파도도 우리 함께 넘을 수 있어!

사랑한다!

Part 6

어제, 오늘 그리고 내일의 '나'

이인옥

　무언가에 쫓기듯 마음이 엉클어진 채 살았기에 주어진 매 순간들과 모든 일들이 행복한 줄 몰랐고, 감사한 줄 몰랐다. 소중한 줄은 더욱 몰랐기에 어느 순간이 되어서는 당연한 듯 무덤덤하게 받아들이고 자아의식이 없는 기계처럼 움직이며 살았다.

　하루가 빨리 지나가기만을 바랐고, 세월이 얼른 흘러가기만을 바랐다.

　그런데도 뜨거운 나의 영혼은 기계처럼 움직이던 마음과 단단한 껍데기 같은 모습을 뚫고 나오려 했다. 이렇듯 나의 존재는 숨기려 해도 숨길 수 없었으며 감추려 애쓸수록 더 비집고 나왔다.

　우연처럼 내 삶에 들어온 '부모교육코칭전문가' 자격증 과정은 꼭꼭 숨겨두었던 나의 모습을 꺼내어 주었고 마주할 수 있게 해주었다. 다른 사람이 아닌 내가 나를 안아주었을 때 얻는 위로의 힘을 느끼게 해주었으며 위로 속에서 안도감과 함께 편안함을 느꼈다. 꿈처럼 아련한 시간들 속 깊은 여운을 만들었던 만남들과 마음에 비친 나의 모습을 온전히 바라보며 가슴의 울림을 찡하게 받았다. 그 울림을 간직하는데 그치지 않고 성장 속에서 발전시키고 있다. 심신(心身)의 발전이 아닌 '심(心)'을 견고하게 다져나가고 있으며 첫걸음으로 공저를 시작하였다.

나는 보잘것없으며 자신만만하게 드러낼 것도 없는 미약한 존재이다. 보잘것없고 부족해도 그 모습 그대로이기에 괜찮다고, 받아들일 수 있다고, 용기 내어 '나를 말한다.'

나를 표현하고 말하는 모습에 누군가는 애처롭다고 여기기도 할 것이며 또는 그 용기를 응원해 주는 사람도 있을 것이다. 다른 누군가에게 인정이나 위로받기 위해서 내는 용기가 아닌, 스스로를 응원하는 용기인 것이다.

자신을 인정하지 못한 채, 다른 사람들의 시선과 기대만 쫓으며 '또 다른 꾸며진 나'를 보여 주기위해 힘겹게 포장하며 살다 지쳐있는 사람들에게 말하고 싶다. 부족하면 어떻고 모자라면 뭐 어떤가? 그런 모습들도 나인 것을. 가식 없는 '진짜 내 모습'을 이해하며 받아들이고 채워줄 수 있는 사람은 오롯이 자기 자신인 것이다.

다른 사람들의 시선에 흔들리며 중심을 잡지 못할 때 진정으로 흔들리는 것은 아이들의 마음이며 다시 오지 않을 소중하고

누나와 동생의 뒷모습

귀한 시간들이었다. 시간이란 녀석은 냉정하게 느껴질 만큼 가차 없이 흘러가 버렸다. 자신을 이해하고 아이들과 진정한 소통을 할 마음의 준비를 마치고 나왔을 때 기다리고 있는 것은 나의 아이들이 아니었다. 너무 늦게 도착하여 홀로 남겨진 모습에 대한 후회뿐이었다.

나를 담은 이 책의 구성은 후회와 참회를 담은 반성문이며, 자신에 대한 고백이다. 아이들의 사춘기에 감사를 표한 글이며 자신을 찾아가는 힘찬 한 걸음이다. 그중에서 둘째인 딸아이와 함께 나눈 적극적 듣기와 상대의 거절을 온전히 받아들일 수 있는 사례로 마음과 마음이 닿는 순간의 소중함과 소통의 파워를 표현했다.

한없이 길고 끝이 없을 것만 같았던 육아의 시간들 속에서 힘들게 아이들을 키웠다고 생각했다. 하지만 아이들은 '진정한 나'를 찾아가는 시간 속 여행으로 안내하며 인도한 것이었다.

내 고통이 가장 크고 삶이 버겁게 여겨지며 다른 이들은 모두 행복해 보이는가? 지금 당신이 그렇다면 나의 글로 초대한다. 그 고통과 아픔을 함께 견디어 주고 싶다. 무겁게 짊어진 짐들을 잠시 내려두고, 본바탕 그대로인 '나' 자신을 찾으러 함께 가자. 자신을 마주하며 바라보러 가자! 당신이 자신을 찾는 여행을 시작한다면, 그 여행길에서 얻는 것은 위로와 치유일 것이다. 그 힘은 당신에게 기적과 선물 같은 일들을 만들어 낼 것이다. 난 그렇게 믿는다.

보이지 않는 나를 찾고 있었다

어린 시절부터 성인이 되어서까지 주변 눈치를 살피며 살다 보니 생각이나 느낌을 표현하는 게 자연스럽지 못했으며 마음속에 눌러 담아두기 일쑤였다. 게다가 피부로 전해지는 분위기를 파악하려 애쓰다 보니 나의 몸과 마음속에는 항상 긴장감이 가득했다.

학창 시절 매년 연말이 되면 다음 해에 다가올 새 학기를 앞두고 마음속에 고민이 많았다. 1년 동안 사귄 친구랑 다른 반이 되면 새로운 친구들에게 어떻게 다가가야 하는지, 홀로 남겨지게 될까 봐 두려움을 느꼈고 불안하며 무서웠다. 다른 아이들이 설레며 기다리는 새 학년, 새 학기가 나에게는 곤욕이었으며 영원히 오지 않기를 바라며 피하고 싶은 순간들이었다. 새로운 사람과 환경에 적응하기 위해 온몸의 신경과 세포들이 바짝 곤두서 있었기에 가까워지는 과정이 은근히 스트레스였다. 말 한마디라도 먼저 건네려면 수많은 생각들로 머리에 쥐가 날 것 같았다. 친구가 없었던 것은 아니지만 사람들 안에서도 소외감과 외로움을 느끼던 성향이기에 더욱 그랬던 것 같다.

내 의견을 말하는 것보다 다른 이들의 생각을 물으며 그들의 방향으로 따라가는 것이 익숙하고 편했으며 소속의 일원이 된다고 느꼈다. 소속감을 중요시했기에 내 모습을 누르며 가둬두는 일을 당연하게 받아들였다.

중학교 학창 시절 미술 선생님이 나의 재능을 칭찬하시며 미래를 권하셨다. 미술 학원 근처에도 가보지 못했는데 남에게 처음으로 인정을 받아 보았다. 들뜬 마음에 미래를 상상하며 엄마에게 말했지만 돌아오는 대답은 "미술 전공해서 뭐 해 먹고살 건데? 굶어 죽어. 그리고 미술 전공하려면 돈이 너무 많이 들어."라는 대답이었다. 그 후에도 여러 번 미래를 상상하던 일들은 지지와 응원을 받지 못했기에 나는 꿈꾸지 않으려고 노력했다.

많은 걸 포기하며 살았던 나에게 다시 꿈꿀 기회가 왔다. 그러나 우린 가정 형편이 많이 어려웠고, 아빠는 오빠의 대학 등록금이 부담되어 나는 대학에 보내줄 수 없다고 말씀하셨다. 단지 대학 진학의 포기였으나, 존재를 거부당한 듯 좌절감을 느꼈다. 대학 입학증은 거절당한 나의 모습과 아쉬움이 섞인 채, 오랜 시간 책장 한 구석의 책 속에 꽂혀 있었다.

그래서일까? 난 모든 일에 소극적이며 내성적이고 주관도 없으며 우유부단하기 때문에 책임감 없는 사람이라 생각하며 살았다. 못난 성격과 부족한 외모를 남들과 비교하며 하나하나 세어 가슴에 새겼고, 결점이 많은 나 자신의 모습을 원망하며 살았다.

인생에서 어떠한 선택도, 결정도 하지 못하였고 이리저리 떠밀리며 다른 사람이 내린 결정과 판단을 바라보며 따랐다. 못난 모습을 잊고 싶었는지, 감추고 싶었는지 모르지만 직장에 들어가 일을 하면서 바쁘게 살았다. 퇴근 후엔 간호조무사 자격증을 취득하려고 학원에 다녔고, 주말에는 종교 활동을 하며 아이들을 가르치는 선생님의 모습으로 살았다.

정신없이 바쁘게 살면서 활발한 '척', 쾌활한 '척'했고, 어느 순간엔 어린 시절의 상처들을 다 극복했다 생각하며 '척'하는 모습이 허울뿐이 아니라 '어쩌면 진짜 나의 모습이 아닐까?'라고 생각되었다. 다양한 모습으로 바쁘게 살며 나만의 빛을 내려던 22살 봄에 지금의 남편을 만났다. 전국에서 다섯 손가락 안에 드는 대학과 명문대학원을 졸업하며 장학금을 놓치지 않았던 사람이었다. 어른들의 기준에 '잘난 사람'이란 꼬리표를 달고 주변 사람들의 인정을 받고 있었다. 하늘과 땅처럼 너무 먼 거리의 사람 같았고, 사는 물이 다른 물고기처럼 여겨졌다. 우리는 그냥 스쳐 지나가는 인연이라 여겼다. 그냥 그렇게 스쳐 지나갈 줄 알았던 그 사람과 20여 년의 세월을 함께하고 있다.

지금의 사회적 기준으로 봤을 때 어린 나이에 결혼했고, 알콩달콩 신혼이란 것을 느낄 사이도 없이 두 달 만에 임신을 했다. 그 후 남편의 이직으로 의지할 사람 하나 없는 곳으로 이사를 하게 되었으며 직장도 그만둔 상태였기에 다른 사람들과 친해질 계기도 없었다. 이성적인 판단하기를 좋아하는 감성적인 나는, 임신 호르몬 때문인지 이성은 배제된 채 슬프고 쓸쓸한 외로움이라는 감정에 사로잡혀있었다.

　남편은 섣불리 판단을 내리지 않고 감정을 뒤로한 채 생각한 뒤, 결론을 내리는 이성적인 사람이다. 임신한 아내도 중요하지만 현실적인 문제가 우선이었던 것 같다. 부모님 도움 없이 혼자 힘으로 가정을 꾸리고 전셋집을 마련해야 했으며, 책임져야 하는 일들 때문에 내가 느끼는 감정을 몰라주었다. 의지할 곳도 없었으며 남편에게도 이해받지 못한다고 여겨져 더 외로웠으며 버려진 느낌으로 큰 아이를 낳았다. 첫째 출산 2달 후, 몸을 제대로 추스르지 못한 채 둘째 아이를 임신하고 낳으면서 몸도 마음도, 사람들과의 관계도 더욱더 고립감과 단절됨을 느끼며 살았다.

　역시 젊고 어렸던 그때 남편의 에너지 방향은 아이들 양육이나 가족과 함께하는 것보다는 자신이 하는 일의 '목표', '성과', '승진'을 향해 있었다. 밤샘 근무도 허다했으며 아이들이 아빠 얼굴을 한 달 동안 5번도 채 못 볼 정도로 바쁜 회사생활을 하였다. 새벽같이 출근하던 아빠와 어쩌다 마주치면 아이들의 인사는 "아빠, 안녕히 가세요." 또는 "아빠, 우리 집에 놀러 와."였다. 첫째와 둘째 아이의 어린 시절은 아빠의 부재가 어색하지 않았고 당연하였다. 밤늦게 또는 밤새며 새벽까지 일하고 온 남편의 잠을 깨우게 될까 봐 온 신경을 곤두세운 채 눈치 보며 아이들을 돌보는 게 나의 일상이었다.

육아의 책임은 온전히 나만의 몫이었으며 아이 둘을 양팔에 안은 채 말 그대로 '맨땅에 헤딩'하며 '독박육아'로 키웠다. 14~15개월이었던 첫째 아이는 거의 매일 새벽 1~2시에 깨서 울었으며 밤을 새우고 새벽 6시가 넘어야 겨우 잠들었다. 깨서 우는 첫째 아이를 업은 채, 갓난아이였던 둘째 아이를 안고 모유를 먹였다. 밤을 지새우는 일이 비일비재했고 끼니를 챙겨 먹기도 힘들었다. 누워서 편히 잠을 자 본 적이 없어 피로는 내 몸과 한 몸이 되어 하루하루를 견디었다.

나의 존재감보다 더 큰 존재감은 아이들과 남편이라는 생각에 버겁고, 힘든 일들을 감수했다. 나만의 빛을 찾을 사이도 없이 사라져갔으며 그렇게 있었는지, 없었는지도 몰랐던 '나' 자신을 점점 잃어가고 있었다.

'틀' 안에 갇힌 아이들

육아에만 전념한 나의 목표는 아이들을 잘 키우는 거였다. 하지만, 철저히 혼자였기에 '육아 동기'라 부르며 경험을 함께하고 소통을 나눌 기회도, 사람도 없었다.

마음만 앞섰지 방법을 알지 못했기에 부모님께 받은 영향대로 '나의 명확한 기준'안에서 지시하면 행동하는 로봇처럼 키우고 있었다. 명확한 기준에 따른 지시에는 이유가 있었으며 타당하다고 여겼다. '잘못했으면 당연히 혼나야지! 벌 받아야지!', '잘못, 실수 ⇒ 훈육, 체벌'이라는 공식으로 되어있는 육아 방식을 대물림 받아 아주 잘 따르고 있었다. 아이들의 행동에 대해 이유를 들어주거나 공감해주기보다 잘못한 행동을 고쳐주지 않으면 버릇없는 아이가 될 거라는 생각에 사로잡혀 반감이 들어간 목소리엔 발끈하며 반항으로 여겼다. 게다가 타인에게 보여질 때 완벽하게 착한모습이기를 바랐기에 꽤 오랜 시간동안 나의 명확한 기준을 강요하면서 강조하였다.

어느 순간부터 그 기준들 안에서 나 역시 답답함과 부족함을 느껴 강요하는 모습들을 바꾸어보려 노력했다. 하지만 다른 사람의 지식으로 된 이론에만 의존하였고 정답처럼 정해진 육아서 및 강의들은 나의 육아는 잘못되었다고 판단하게 했으며 좌절감은 더욱 커졌다.

그런데다가 '아빠를 닮았으면 잘하겠지.'라는 주변 사람들의 말은 자존감 없는 나를 점점 깊은 수렁으로 끌고 들어갔다. 치부이며 치명타인 '고졸'이라는 단어는 '부족한 사람'이란 뜻으로 내 영혼에 채워진 족쇄와도 같았다.

학교 엄마들 모임이라도 나가면 자신의 목소리를 당당하게 내는 엄마들 앞에서 자신감 없이 움츠러드는 나의 모습을 스스로 부끄럽게 여겼다. 이렇게 다른 사람들의 시선과 판단을 의식하며 살다 보니 무엇보다 소중한 아이들과 시선 맞추며 이야기 나눌 수 있는 시간들을 놓쳐 버렸다. 자기의 그릇 안에서 충분히 잘하고 있던 아이들을 나의 조급함으로 닦달하며 다그쳤던 것이다.

고 3이 된 첫째 아이는 어려서부터 주변의 눈치를 보느라 겉으로 감정을 표현하거나 드러내는 걸 힘들어한다. 자신의 마음 속에 차곡차곡 넣어두고, 쌓아두며, 담아둔다.

그 아이는 불합리할 수 있는 나의 단호함과 기준을 순응하며 받아들이고 자랐다. 19살 인생의 절반 이상을 아니 거의 다를 나의 틀 안에서 강압, 억압, 체벌로 인해 생긴 마음의 상처가 깊다. 하루하루 마음에 난 상처들에 약을 발라주며 돌봐주긴커녕, 더 깊은 아픔을 남긴 엄마의 모습을 가슴에 담아두고 있다.

둘째 아이는 어렸을 때부터 첫째 아이와 많이 달랐다. 같은 기준 안에서도 자기의 의사표시도 곧잘 하는 편이었고 고집도 세서 잠투정 한번 하면 2시간을 넘게 울어댔다. 무엇이든 궁금하면 직접 만져보고 해봐야 직성이 풀리는 아이였다.

둘째가 5~6살쯤이었다. 중국 음식을 배달시킨 후 카드 결제하는 사이 탕수육 소스를 포장해 온 랩을 발로 꾹꾹 눌러 터트렸다. 갓 배달된 뜨거운 탕수육 소스에 발가락 사이사이 수포가 생길 정도로 화상을 입었고 몇 날 며칠을 병원에 오가며 속을 태웠다. 또 다른 날엔 할머니가 무심코 놔두신 일회용 면도기에 손이 닿았는지 방에서 혼자 면도하는 흉내를 내다 윗입술을 베어서 피를 철철 흘린 적도 있다. 하루도 조용히 넘어간 날이 없었으며, 집안 어른들은 첫째 아이 10명은 키워도 둘째 녀석은 한 명도 못 키우겠다며 혀를 차셨다. 이처럼 '존재감이 갑'인 둘째 아이를 바라보느라 상대적으로 조용하고 차분해서 말도 잘 들었던 첫째 아이의 감정은 나에게 전달되지 못했다. 그 아이에게는 더욱 어른스럽게 행동하길 요구하였으며 어른처럼 대했다. 아이의 작은 어깨에 어른도 감당하기 힘든 짐을 올려놓았던 것이다.

첫째 아이였기에 난 엄마로서 서툴렀고, 첫째였기에 연년생인 둘째보다 어른처럼 대하였다. 첫째라는 이유로 아이의 감정을 외면하였고 큰 기대감으로 짓누르고 있었다. 나의 틀과 단호한 기준들로 인해 두 아이는 마음에 상처를 받았을 것이다. 감정표현에 서투른 첫째 아이는 마음의 상처가 곪아가고 있었을 것이다.

그래서일까? 다른 사람들은 열 손가락 깨물면 다 아프다지만, 난 유독 아픈 손가락이 있다. 유독 더 아픈 손가락은 첫째 아이이다.

어쩌면 아픔을 느끼는 건 손가락이 아니라 그 아이를 향한 마음일지도 모른다.

사춘기라 불리며
아픔을 삼키는 아이들

고3 아들, 고2 딸, 늦둥이 6살 막내아들.

어느 순간부터인가 온전히 내 책임인 '세 아이의 엄마'라는 인생을 살고 있다.

첫째와 둘째 아이를 낳고 처음 가보는 그 길엔 설레는 감정보단 잘 해낼 수 없을지 모른다는 불안함과 두려움으로 가득 찬 '엄마'라는 삶을 살아가고 있었다.

끝도 보이지 않게 느껴졌고, 갈림길이 나와도 이정표 하나 없었으며 길을 물어볼 사람도 없었다. 혼란으로 가득했던 그 길은 나도 모르게 어느 순간부터는 소통과 이해가 중점이 아니었다.

첫째 아이는 중학교 2학년이 되던 시기에 마른하늘에 날벼락처럼 갑작스럽게 변해버렸다. 내 뜻과는 다른 첫째 아이의 반항(나의 기준)과 불통에 맘고생이 심했으며 이해하려고 노력했으나 이해되지 않았다. 그렇게 시작된 첫째 아이의 무언의 외침은 아직도 현재 진행 중이다. 아이가 나의 말에 반감을 표시하고 말대꾸를 시작하였을 때, '사춘기가 시작되었나보다. 언젠가 시간이 지나면 좋아지겠지?' 때로는 '도대체 이놈의 사춘기는 언제 끝나는 거야? 왜 내 마음을 몰라주지?'라고 생각했다. 사춘기라는 상황을 원망했으며 마음을 몰라주는 아이들 탓을 하며 더 다그쳤다.

첫째 아이와 둘째 아이가 엇비슷한 또래이다 보니 번갈아 휘몰아치는 사춘기라는 폭풍에 이리저리 끌려다니며 하루도 맘 편히 넘어가는 날이 없었다. 거기에 둘째 아이의 성격은 원래 맞추기 힘들고 까탈스럽단 생각까지 더해져 자포자기하며 하루하루를 보내고 있었다.

폭풍 같은 삶 속에서 늦둥이 막내가 태어난 지 100일 정도 되었다. 나의 일상과 온 신경은 막둥이를 향해 있었으며 그 아이를 돌보는 일에만 몰두하고 있었다. 셋째 아이였지만 12~13년 만의 갓난아이를 보니 신기하기도 하며 마냥 귀여웠다. 큰아이들과의 관계 속에서 힘들어하던 난, 막둥이가 자라는 모습에 위로를 받았다.

막둥이의 애교에 시간 가는 줄 몰랐으며 그 아이 존재 자체가 감사함과 사랑이었고 위안이 되었다. 육아라는 것이 고통의 시간이 아닌 힐링의 시간이 될 수 있다는 것과 흘러가면 다시 오지 않는 소중하고 귀한 시간이라는 것을 몸소 배우게 되었던 것이다. 그런 감사함을, 위안이 되는 감정들을 큰 두 아이들에게서 너무 빨리 거두어들인 나 자신에게 죄책감이 들었으며 많은 미안함을 느꼈다. 티 없이 맑은 막내 아이는 나의 기준들과 틀로 주눅 들고 외롭게 키우고 싶지 않았다. 막둥이가 자라는 모습을 바라보며 큰아이들한테 했던 실수가 무엇인지 깨닫게 되었다.

어려서부터 온순하며 착한 첫째 아이의 고운 성품에 고마움을 표현하지 못했고, 나를 염려해주는 소소한 말과 행동들이 부모니까 당연히 받는 것이라 여겼다. 소통하며 이해하긴커녕 말과 행동이 변한 것은 사춘기가 와서 그런 거라고 단정 지어 버렸다. 많은 시행착오 안에서 경험을 쌓아 자신만의 인생을 만들어 가는 '사람'이라고 인정해주지 못했던 것이다. 아이의 있는 모습 그대로 온전히 바라봐주는 마음의 눈을 뜨지 못한 채, 내가 받은 상처보다 더 큰 상처를 주고 있음을 인지하지 못하고 있었다.

주변의 기대감은 아이들 인생을 책임져야 한다는 '틀'에 나 자신을 가둬두게 했으며 다른 사람의 시선을 벗어던지며 자유로워지기까지 오랜 시간이 걸렸다.

마음에 상처를 담아두는 첫째 아이는 내가 건넨 말들 중 거의 모든 말에 거부감을 표시하며, 대답을 피하거나 방문 뒤로 숨어버린다. 차라리 싸우기라도 한다면 화해하면서 나의 마음을 전하고, 아이의 마음도 듣고 싶은데 첫째 아이는 싸움조차 피하고 있다.

그렇게 큰아이는 나와 단절을 택하고 있다. 과거로 되돌아가 상처를 보듬어주며 마음의 말을 들어줄 수 없기에 아이를 바라볼 때면 미안한 마음에 가슴이 시리고 아프다.

'나와 함께 살아가는 삶 속에서 숨 쉬며 살고 싶었고, 자기 자신의 모습을 찾고 싶어서 했던 작업(?)들을 사춘기 반항이라고 판단하고 단정 지었던 건 아니었을까?', '아이의 작은 휴식처를 만들어 가는 과정을 이해 못 해준 건 아닐까?' 하는 생각이 들었다. '조금만 더 일찍 아이의 반항에 귀 기울였다면…' 하는 아쉬움이 가득하다.

첫째 아이는 곧 성인이 되어간다. 이제 와서 마음을 알아주기엔 늦었다는 것과 우리 사이에 갈 길이 멀다는 것도 안다. 내가 원하는 그 소통의 시간들이 올지 안 올지 모르겠다. 하지만 아이를 사랑하는 마음이 더욱 크기에, 엄마라는 이름으로 포용하는 일을 게을리하지 않을 것이다. 험하고 높은 산을 오르듯, 서두르지 않고 천천히 나를 보여줄 것이다. 지치면 잠시 숨을 고르며 쉬어가듯, 꾸준히 아이와의 길을 다듬어 갈 것이다.

둘째 아이와의 소통의 문을 열기 위해 2년여 동안 거의 매일 싸우다시피 했고, 화해하였으며 서로 용서를 구했다. 때론 혼자만의 생각을 정리하는 시간도 가지며 서로의 마음과 감정들을 솔직히 표현하였고 다른 입장과 상황들을 이해시키거나 이해하려 했다. 그 노력에 화답이라도 하듯 딸아이는 조금씩 나를 받아

세 아이

주었고, 점점 함께 나누는 일상들이 많아졌다.

매일의 노력으로 채우며 사는 아이에게 하루쯤은 홀가분한 기분을 느끼게 해주고 싶어서 시험 볼 시기가 되면 딸아이에게 묻는다. 시험 끝나면 친구들과 놀고 싶은지, 아니면 나랑 함께 시간을 보내는 게 좋은지. 당연히 친구들과 함께하는 걸 좋아할 나이인데 나와 함께 보내는 시간 속에서도 만족해하는 딸아이를 볼 때면 덩달아 기분이 좋고 함께할 수 있음에 감사했다. 때론, 딸아이뿐 아니라 딸 친구들과 다 함께 볼링도 치고 심야 영화도 보며 아이들 추억의 시간 속에 들어간 적도 있었다. 그렇게 나와 딸은 우리만의 추억을 쌓으며 작은 소통들 속에서 관계를 발전시켜 나아가고 있다.

만약, 내 기준을 버리지 못하고 아이들의 일상에 사사건건 개입했더라면 어땠을까? 첫째 아이는 내가 만들어낸 하나의 조립 인형처럼 감정이나 생각, 행동뿐 아니라 하고 싶은 일조차도 정해준 길로 가면서 통제당하고 있었을 것이다. 또한 둘째 아이와 나는 다르다는 것을 인정하지 못하며 서로 대립하는 상황 속에 살얼음판 위를 걷듯 아슬아슬한 삶을 살아가고 있었을 것이다.

큰아이들이 자기 모습을 찾기 위해 반항해주었고, 자신만의 세상을 만들어가려 노력해주어서 감사하고 대견하다. 아이들의 '소중한 반항'으로 엄마라는 길 위에서 또 하나의 인생 경험을 얻게 되었다.

관찰하니 들리는 마음,
마음으로 듣다

그래도 난 인간이기에 실수할 때도 많았다.

그날도, 그때의 일도 그랬다. 평소처럼 딸아이에게 아무렇지 않게 말을 걸었다. 아이는 대꾸가 없었다. 한 번 더 물으며 얼굴을 쳐다보니 표정이 경직되어 있었고, 눈빛이 살짝 흔들리는 것을 느꼈다. 사춘기 나이이다 보니 대수롭지 않게 여겼다. 잠시 스치며 지나가는 감정이려니, 혼자만의 시간을 주며 모른 척하면 원래의 쾌활한 아이로 돌아올 거로 생각했다. 그사이 일주일 정도의 시간이 지났다. 딸아이는 나의 물음에 제대로 된 의사 표현도 하지 않을뿐더러 차려주는 밥도 거르기 일쑤였다.

꽤 오랜 시간이 흘렀음에도 아이의 행동에 변화가 생기지 않았다. '나한테 불만이 있는 건가?', '무언으로 표현하는 마음을 알아채지 못한 게 아닐까?' 하는 생각이 들었다. 좋은 일이든 나쁜 일이든 오랫동안 감정 품는 걸 잘하지 못 하는 아이라는 걸 깨닫고 해결해야 하는 문제가 생겼음을 인지했다. 아이를 불러 눈을 바라보며 진지하게 말을 건넸다.

엄마 : ○○아, 엄마한테 무슨 불만 있어? 혹시 내가 널 기분 나쁘게 했던 일들이 있니?, 서운한 게 있었어?
딸 : ….

아이는 아무 말도 없었다. 난 다시 말을 건넸다.

엄마 : 나를 대하는 너의 태도와 모습을 보니 엄마한테 언짢은 모습인데 평소 오빠와 다르게 이야기도 잘하고 소통이 잘 된다 느꼈어. 그런데 밥도 안 먹고, 물어보는 것들에 대답도 안 하고, 너의 마음이 어떤지 말을 안 해주면 알 수가 없어. 이야기해 줄 수 있어?
딸 : 응, 없어. 이야기하기 싫어.

그러곤 눈을 맞추기 싫었던 것인지, 그 순간을 피하고 싶었던 것인지 말없이 시선을 아래로 떨구었다. 다그치면 안 될 것 같다는 느낌을 받았고 아이가 자기 마음을 돌아보며 생각할 시간을 조금 더 주는 게 좋겠다는 생각이 들었다.

엄마 : 내가 갑작스럽게 말을 꺼내기도 했고, 너의 마음을 정리할 시간도 필요할 거 같아. 원하는 게 뭔지 알고 말해줘야 지금 네 감정의 원인을 알 수 있을 거 같아. 언제든 준비되면 엄마한테 말해. 기다리고 있을게.

이렇게 나의 마음을 전달했다.

아이는 말 없이 방으로 들어가 버렸다. 나는 평소에 급한 성격이다. 무슨 일이든 확실하게 끝맺음이 나야 맘 편하게 다른 일을 할 수 있었다. 시간이 걸리는 일이라면 중간중간 어느 정도 진척이 되었는지, 언제쯤 마무리가 되는지 알아야 편히 잠자리에 들 수 있었다. 사사건건 개입하지 않으며 아이에게 자신의 내면을 돌아보고 정리할 시간을 준다는 건 큰 변화라 느꼈다. '부모교육 코칭전문가' 자격증 과정을 통해 성장한 내 모습을 살포시 칭찬해 주고 싶었다.

또다시 일주일이 흘렀다. 딸아이가 먼저 말 꺼내기를 기다리다 보니 다른 식구들한테 나의 예민함과 까칠함이 자꾸 올라오려 했다. 이제는 마냥 기다릴 수 없다고 생각했다. 아이와의 일을 빨리 마무리 짓고 싶은 마음(성향)도 영향을 주었지만, 무엇보다 대화하고자 하는 딸아이의 의지가 보이지 않았기 때문이었다. 난 아이에게 말을 건넸다.

엄마 : ○○아, 2주가 넘는 시간 동안 아직도 불만이 있는 표정으로 날 대하는구나. 처음 너의 문제가 뭔지 알고 싶다고 말 꺼내고 많은 시간이 지난 거 같아. 이젠 대답도 피하고, 밥을 차려줘도 왜 안 먹는지 얘기해주길 바라. 이야기 좀 해보자.

딸 : 이야기하기 싫어!

엄마 : 시간이 꽤 지났는데도 기분이 나아지지 않는 걸 보니, 아주 많은 시간이 흐른다 해도 네 마음속에 불편한 감정으로 남아있을 거 같아. 그래서 난 이 문제를 해결하고 싶고, 너에게 안 좋은 기억으로 남는 걸 원하지 않아.

딸 : 하기 싫다고!

엄마 : 2주가 넘도록 너의 부탁과 요구, 원하는 것들을 다 들어주었는데, 불만스러운 표정과 행동을 난 계속 받아만 줘야 하니? 이런 너의 행동이 너무 불합리한 행동처럼 느껴져. 난 불합리함을 견디기 싫으니 불만이 뭔지 이야기해줘.

딸 : ….

원망과 불만이 나에게 있음을 느끼는데 아이는 그 어떤 이야기에도 묵묵부답에 거부 의사만 표시했다. 막상 본인에게 문제가 생겨 나의 도움이 필요한 경우에는 도움을 요청했으며 문제 해결을 요구했다. 이런 관계가 답답했고 아무것도 모른 채 감정적 불이익을 당하며 시간이 지나 괜찮아지길 바랄 수는 없었다.

하루의 시간을 더 주고 내일은 꼭 담판(?)을 지으리라 생각했다.

엄마 : 하루 정도 시간을 더 줄게. 내일 점심 때쯤에 다시 이야
기하자. 내일은 꼭 이야기해주길 바란다.

딸 : ….

다음날, 말할 기미가 보이지 않아 딸아이 방으로 찾아갔다.

엄마 : 우리 어제 말한 대로 이야기해보자.

딸 : 또 그 이야기야. 하기 싫어!

역시 아이는 거부하기 시작했다. 지금 느껴지는 기분을 솔직히
표현해야 한단 생각이 들었고 아이에게 전했다.

엄마 : 엄마를 대하는 너의 행동과 말투, 표정에서 불만이 있다
고 느껴져. 나는 너의 문제를 모르는데 부정적인 감정들을 계
속 표현하고 있잖아. 난 너의 감정 쓰레기통이 아니야.

딸 : ….

엄마 : 너희들 어렸을 때, 솔직히 말하면 혼내지 않는다고 말하
곤 막상 솔직하게 말해주면 나의 감정을 참지 못하고 화를 냈
었지? 그렇게 자라온 너희들이 감정이든 불만이든 솔직하게

말하는 게 쉽지 않다는 거 진심으로 이해해. 이제 엄마는 예전 모습과는 좀 달라. 그러니 이야기 해 줄래?

딸 : (책상 의자에 앉아 있다가 침대로 이동해 이불을 뒤집어쓴다.)

말하기 싫다는 걸 온몸으로 표현하는 게 느껴졌다. 하지만 여기서 멈출 순 없었다.

엄마 : 너의 불만이 오롯이 나에게 향하여 있는 게 느껴져. 그래서 이 문제는 너와 내가 함께 해결해야 할 거 같아.

딸 : (이불을 뒤집어쓴 채 말이 없다.)

엄마 : (확신은 없지만, 문득 짚이는 게 있다.) 혹시 2주 전쯤 아빠한테 막내의 돼지 저금통에서 돈이 비는 것 같다고 말하는 게 너를 의심하는 듯이 들려 서운한 감정이 들었어? 그 일이야?

아이는 대답하지 않았지만 계속 피하려는 행동과 이불속으로 숨어드는 모습을 보니 내가 했던 말이 문제였다는 생각이 들었다.

딸 : (침대에 누운 채로 이불을 더 끌어당겨 얼굴까지 가린다.)

엄마 : (아이 얼굴에 덮여있는 이불을 끌어 내리려고 하면서) 그 문제가 맞는지 아닌지만 말해줄래? 만약 그 문제가 맞는다면 너를 오해하는 것처럼 느끼게 말한 내가 사과해야 할 거 같아.

딸 : (이불을 양손으로 잡고 버틴다.) 말하기 싫다니까!

엄마 : (왠지 확신이 들었다. 아이의 얼굴을 덮은 이불을 끌어 내리며) 그 문제가 맞는 것 같구나. 그때 엄마의 말이 너를 의심하는 것 같이 들렸다면 미안해. 그런 의도는 절대로 아니었어. 미안해. 그랬다면 정말 미안해.

딸 : (눈빛이 살짝 흔들리는 것처럼 느껴졌다.)

내 짐작이 맞는지 틀리는지 아이는 겉으로 드러나는 어떠한 의사 표현도 하지 않았다.

18년째 엄마라는 자리에서 아이를 지켜보았던 나는 그 문제가 맞다고 전하는 무언의 행동 표현을 느꼈다.

어떻게 해야 아이가 느꼈을 부정적인 감정을 가슴에 담아두지 않고 거부감 없이 드러낼 수 있을지 잠시 생각했다. 아이에게 느껴졌던 긴장감도 없애줄 겸 유연해진 분위기에서 자신의 마음을 풀어놓기 바라며 약간의 농담을 섞어 물었다.

엄마 : 그때 그 말이 많이 서운했다면 대답 안 해도 돼. 대신 눈을 두 번만 깜박여봐.

딸 : (살짝 웃음이 나려는 걸 참는 게 보였다.)

엄마 : 깜박였다! 한 번인가? 두 번? 뭐야? 어느 게 맞는 거야?

딸 : (말은 한마디도 하지 않았지만, 한결 편해진 표정이 느껴졌다.)

엄마 : (아이 팔과 손등을 쓰다듬으며) 엄마가 진짜 미안해. 많이 서운했겠다. 얼마나 억울하고 마음에 상처가 되었을까? 많이 속상했지?

딸아이는 상처받고 속상해서 계속 말을 하지 않을 줄 알았는데 뜻밖에 말문을 열었다.

딸 : 엄마가 나를 못 믿고 있다는 생각이 들었어. (말하면서 중간에 울먹인다.)

엄마 : 진작 너의 마음을 헤아려주지 못해 미안해. 절대 널 못 믿어서가 아니야. 2주가 넘도록 마음을 알아주지 않아서 너무 속상했겠다. 많이 억울했지? 다음에 말할 땐 좀 더 주의를 기울여서 다른 사람에게 어떻게 들릴지 생각하며 말하도록 할게. 내가 아직도 감정적으로 미성숙한 어른인가 보다. 앞으로 더 열심히 공부해서 너희들 마음(욕구)을 알아주도록 노력할게. (아이에게 미안한 마음이 커지며 여러 생각이 교차하여 울먹이게 되었다.) 혹시 이번처럼 비슷한 상황이 생기면 언제든 나한테 '엄마, 오해의 소지가 있는 말이야.' 하고 말해줄래?

딸 : ….

말로 긍정의 대답을 하진 않았다. 표현하지 않아도 아이가 어

딸과 나

른인 나를 용서하며 받아들이고 있다는 것이 느껴졌다. 그렇게 아이의 마음은 나에게 있는 그대로 전해졌다.

예전 나의 소통 방법은 겉으로 전해지는 말투와 억양으로 상대에게서 보이는 의도만을 파악하려 했다. 다른 사람 마음에 숨겨져 있는 진심이나 생각들은 주의 깊게 들여다보려 시도조차 하지 않았다. '난 몰라, 말하지 않는데 남의 마음을 어찌 알겠어!'라며 상대방의 표현 방식과 드러내 주지 않는 마음을 탓했던 것이다.

다른 사람이 말로 표현하는 감정과 생각, 느낌을 받아들이며 이해하는 것도 중요하지만 때로는 말로 표현하지 않아도 그 사람의 눈빛, 표정, 손끝으로 감정과 원하는 욕구가 전달되며 느낄 수 있다는 것을 깨달은 것이다. 아이 마음을 이해하고 싶은 나의 욕구를 관찰과 적극적 듣기 방법을 활용해 알게 되었고 감정을 표현했으며 나-메시지를 전달할 수 있었다.

딸아이의 불편한 감정을 알기 위해 관찰했을 뿐인데, 말로 표현하지 않았던 아이의 마음을 나의 마음으로 전해 듣게 되었다. 좀 더 일찍 아이 마음을 관찰하고 보듬어주지 못해 미안했으며 나이만 먹은 어른이 되었다는 것에 마음 한편이 저려 왔다.

진정한 소통 속에서 적극적 듣기가 주는 힘을 느꼈으며 아이와 내가 마음을 나누는 경험은 큰 울림으로 전해져왔다.

'엄마'라는 이름으로 포장된 나

타인을 불신하게 된 마음의 상처가 있는 어린 시절 모습에서 아직 벗어나지 못했나 보다. 나의 소통은 꾸준히 발전하고 있었지만, 간혹 예전의 모습이 나오곤 했다.

딸아이와 생긴 사건 속 예전 나의 모습을 발견했고 현명하지 못했던 말과 행동들이 후회를 남겼다. 딸아이가 2주 넘도록 나를 외면하려 할 때, 아마 은연중 잘못을 인지했으며 다시 불통의 관계로 돌아가게 될까 두려워 대화와 소통을 시도했던 것 같다.

난 2주 전쯤 우연히 막내의 돼지 저금통을 보았고, 이전과 달라진 점을 느꼈다. 돼지 저금통은 그동안 막내가 모아온 동전들과 5천 원, 만 원, 5만 원짜리 지폐들로 가득 차 있었다. 더 이상 들어갈 곳이 없었는데 위쪽에 약간의 공간이 눈에 띄며 돈이 비어 보였다. 그냥 넘어갈 수도 있는 사소한 문제였는데, 한 기억이 떠올랐다.

10년도 더 된 일이었다. 나는 생활비 중 일부를 옷장 깊숙이 현금으로 숨겨두곤 했다. 딸아이는 우연히 숨겨둔 비상금의 위치와 평소엔 아무도 그 돈을 확인하지 않는다는 것을 알게 되었다. 그 후 아이는 그 돈에 손을 댔고 한 번의 실수가 아닌, 지속적으로 돈을 가져다 썼다. 비상금 봉투를 확인하니 50만 원이 넘는 큰돈이 사라졌었으며 초등학교 저학년 아이가 했다고 하기엔 큰 금액이었다.

난 아이의 마음을 들여다볼 여유를 갖지 못한 채 실수에만 집중하였다. 한 번으로 끝나지 않고 '지속적'으로 손을 댔던 사실에만 집착했으며 그 영향으로 아이에게 나쁜 버릇이 생길까 봐 두려웠다. 세상이 무너지는 듯한 기분이 들며 불안감에 휩싸였고 밤잠을 설쳐가며 육아서를 찾아보았다. 아이의 손버릇을 고치기 위해 설득하며 달래보았고 때론 정신 차리게 하겠다는 명목하에 혼내며 체벌도 가했다.

이런 불편한 기억을 발판 삼아 하지 말아야 할 말들을 해버렸으며 그 말들과 실수로 인해 모든 일들이 시작되었던 것이다.

돈이 비어 보이는 돼지 저금통을 보고, 거실과 주방을 오가며 안방에 있던 남편에게 큰 소리로 "저금통에 돈이 비는 것 같아!", "누가 가져갔나? 돈이 왜 이렇게 비어 보이지?"라며, 2~3번 비슷한 어조로 누군가를 의심하듯 말했다.

어찌 보면 거실에서 텔레비전을 보고 있던 딸아이를 겨냥하여 한 말일 수도 있다. '잘 들어, 경고야! 손대지 마! 집을 비워도 엄마는 다 알고 있어!'라는 생각을 그렇게 표현했던 것이었다.

그런 말들을 되풀이하면서 딸아이가 의식됐던 것인지 뒤돌아 거실에 앉아있는 아이의 얼굴을 살폈다. 양 볼이 아주 미세하게 상기되어 가는 걸 보았다. 순간 '아차, 실수했나? 내가 너무 과하게 말했나?', '아이의 기분이 많이 상했으면 어쩌지?' 싶으면서 신경이 쓰였다. 그런 나와 달리 아이는 미동도 안 한 채 텔레비전만 뚫어지게 쳐다보며 어떠한 반응도 보이지 않았다. 평소 딸아이는 기분이 상하면 투덜거리거나 항의하며 자신의 감정을 드러냈기에 좀 전 내가 한 말은 별로 신경 쓰지 않는 듯 보여 대수롭지 않게 넘겨버렸다. 하지만 내 생각과 판단은 완전히 틀렸으며 아이는 마음의 상처를 크게 받은 나머지 대화는 물론 차려주는 밥까지 거부하고 있었던 것이다.

나는 돈에 손을 댔던 일들뿐 아니라, 평소에 아이들이 하는 흔한 실수 하나도 가벼이 넘기지 못하는 사람이었으며 옳고 그름의 기준이 명확했다. '명확한 기준'이라 표현한 기준마저 나만의 도덕적 판단과 가치관들로 가득 차 있었다. 그런 엄마, 그런 사람이었으니 아이들은 답답함에 숨이 막혔을 것이다.

어긋난 행동을 했던 아이들의 마음을 알아주기에 많이 부족한 사람이었다. 미성숙했던 감정처리와 잘못된 육아 방식들 부족했던 인지 구조로 아이들의 마음과 나 자신에게 어둡고 추운 그늘을 열심히 만들어 주며 살았다. 쉽게 바뀌지 않는 나의 모습에 슬픔과 후회들이 밀려왔으며 마음이 텅 비어버린 것 같은 커다란 상실감을 느꼈다.

존재를 거절당하며 이해받지 못하는 마음이 얼마나 큰 상처인지, 어른이 되어서도 자신을 돌아보며 받아들이는 데 걸림돌이 된다는 걸 누구보다 잘 안다고 생각하던 나였다. 그런 상처들로 다른 사람들뿐 아니라 나 자신도 사랑할 줄 모르고 살았는데… 결국 아이들에게 자기 자신을 사랑하는 법을 가르쳐주지 못하는 사람은 엄마라는 이름의 '나'였다.

우리는 오늘도
괜찮은 거절을 한다

얼마 전, 줌으로 대화법을 배우는 과정에서 나의 일화를 소개하며 코칭을 받게 되었다.

안방에는 막둥이가 잠들어 있었고 다른 방에는 각자의 주인인 첫째 아이와 둘째 아이가 있었다. 거실이 보이는 식탁에는 남편이 앉아서 자기만의 시간을 보내고 있었다.

다른 날의 수업들과 달리 내가 참여해야 했기에 방해받지 않을 공간이 필요하다 생각했고, 그날따라 늦게 잠든 막둥이 때문에 나만의 공간을 만들 시간이 부족했다.

공간 확보를 위한 방법을 생각해보았고 딸아이 방을 잠시 빌려달라고 부탁하면 들어줄 것 같았다.

엄마 : 딸, 오늘 줌 수업으로 강의 듣는데, 내가 참여해야 할 거 같아. 그런데 거실은 아빠가 계셔서 집중이 안 될 거 같아. 잠시만 방을 빌려주면 안 될까?

딸 : (잠시 침묵하였다.) 싫은데….

강의 시간까지 10여 분밖에 남지 않았기에 마음이 조급해져 좀 더 간절하게 말했다.

엄마 : 잠깐만. 잠깐이면 돼. 좀 빌려줘~.

딸 : 왜 나한테만 자꾸 부탁해? 싫단 말이야.

강한 거부감을 느꼈으나 전에도 사정을 이야기하고 부탁하면 수용해 주던 딸이었기에 몇 번만 더 설득하면 들어줄 거로 생각하며 설명하고 이해시키려 했다.

엄마 : 왜? 왜 싫은데? 잠깐이란 말이야. 거실에는 아빠가 계시고, 내가 부탁해도 오빠는 안 들어줄 거고… 좀 빌려줘? 응?

딸 : … 싫어.

순간, 나의 마음을 몰라주는 딸 때문에 서운하고 야속했다. 싫다는 아이를 붙잡고 계속 실랑이를 벌이는 것보다 다른 방법을 찾는 것이 효율적이라 판단되어 방에서 나왔다. 결국 강의는 거실에서 참여하였고 잘 마무리되었다.

강의를 마치고 아까 거절당했던 나의 감정들을 돌이켜 보았다. 주어진 시간이 너무 촉박해 조급해진 마음에 딸아이의 거절이 서운하게 여겨졌으며 아이도 자신의 거절을 진심으로 받아들여 주지 않는 나에게 토라졌을 것 같았다. 그리고 나와 딸 사이에 무엇인가 마무리되지 않은 꺼림 직한 감정이 있다고 느껴졌다. 그 순간, 거절당했다는 사실에만 감정을 쏟아부으며 아이의 선택을 그대로 받아들이지 못했던 내 모습을 발견했다.

나의 모습을 받아들이자 마음에 평화가 찾아들었고, 너의 거절도 괜찮았다는 변화된 마음을 전달하고 싶어 아이 방으로 다시 찾아갔다. 들어가도 내 쪽을 쳐다보지 않는 딸아이를 보니 마음이 많이 불편한 게 느껴졌다. 아이에게 다가가 변화된 마음을 전했다.

엄마 : 내가 부탁해도 너는 당연히 거절할 수 있는 건데 아까는 강의 시간에 쫓기다 보니 거절이 서운하게 느껴져서 기꺼이 받아들이지 못한 거 같아. 아마, 절박하단 생각이 들었나 봐. 이유가 어찌 되었든 너의 거절을 진심으로 받아들이지 못해서 미안해.

딸 : (표정이 한결 누그러지며 편안해지는 게 보였다.) 내 방이 너무 지

저분해서 그랬어.

엄마 : 그랬구나. 이유가 그거일 수도 있겠다고 생각했어. 그런데, 방을 빌려줬다면 정리 안 된 거 보이지 않게 카메라 각도 잘 맞췄을 거야. 그리고 빌려주지 않았어도 괜찮았어. 강의 마무리 잘했고, 잘 마쳤어.

딸 : ….

아이는 더 이상 별말이 없었지만 나도 느꼈고 딸아이도 느꼈을 것이다. 너의 거절이 이젠 괜찮다고, 나도 언제나 부탁하듯이 너도 언제든 거절할 수 있고 그럴 권리가 있다고… 그리고 이젠 너의 거절을 수용하고 기쁘게 받아들이겠다고….

그동안 소통이라 부르며 해왔던 나의 말과 행동들은 양방향이 아닌 일방통행이었음을 깨달았다. 아이들에게 했던 부탁이나 요청들은 거절을 거부하며 설득과 강요를 가장한 부탁이었다. 그러다 보니 부탁이나 요청이 거절당하면 상처를 받았고 화가 났다. 거절당한 내 감정만 들여다보며 아이들을 비난하였고, 상처받은 이유를 상대방 탓으로 돌려버렸다. 그런 과정들 속에서 아이들이 불편해하는 감정을 느꼈지만, 본인의 감정이니 스스로 해결하게 두었다. 시간이 지나면 괜찮아질 거라고… 하지만 아니었다. 그런 소소한 감정들은 시간이 지나 마음속에 편안함을 느껴 괜찮아지는 것이 아니라 가슴에 담아둔 채 부정적인 감정으로 쌓여가며 서로에 대한 오해를 만들어 가는 것이었다.

무심코 던져버린 말들이 말하는 사람의 온도와 받아들이는 사람의 온도가 다를 수 있어 잘못 전달될 수 있으니 전해지는 마음의 말들을 해석해줘야 했다. 그리고 상대방의 말과 감정, 거절을 판단하지 말고 곧이곧대로 받아들여 줬어야했다.

내가 느꼈던 마음의 평화는 서로의 감정과 마음을 온전히 받아들일 때 전해지는 '소통의 기적'이 아닐까 싶다. 어리석었던 난 이제야 진정한 소통 안에서 거절을 수용한다는 것이 무엇인지 알게 되었다.

공감, 소통이라는 감각을 일깨워 준 '부모교육코칭전문가' 자격증 과정에서 읽게 된 『비폭력 대화』는 그동안 소통 방법에서 나의 부족했던 부분들과 잘못들을 온전히 바라볼 수 있게 도와주었다. 나의 인식을 바꾸어 주고, 배움의 기쁨과 감사함, 나를 돌아보며 성찰하고 발전할 수 있도록 도움을 받은 책의 내용을 여기에 옮겨보았다.

"아니요!" 뒤에 있는 느낌과 욕구를 알아차릴 수 있다면, 상대방이 무엇을 원하며, 또 무엇 때문에 우리의 부탁을 들어줄 수 없는지 인식할 수 있다.

- 『비폭력 대화』 '공감의 힘' 중

듣는 사람이 자기가 그 부탁을 들어주지 않으면 비난이나 벌을 받으리라고 믿게 된다면 그 부탁을 강요로 받아들여지는 것이다.

-『비폭력 대화』'삶을 풍요롭게 하기 위해 부탁하기(부탁과 강요)' 중

거절당하거나 거절해도 서로 공감하는 마음을 가질 수 있다는 사실이 나에게는 새로운 세상을 만나는 것 같았다. 잘못된 행동들을 바라보는 눈을 뜨게 되니, 부족했던 부분들이 적나라하게 드러나서 발가벗겨진 기분이었고 혼자인데도 부끄러움에 얼굴이 벌게지는 느낌을 받았다. 어두컴컴했던 소통의 길 앞에 작은 플래시로 빛을 비춰주듯 미세하지만 뚜렷이 밝은 세상을 만나게 되었다. 마음의 귀를 열고 듣는다면 누구라도 내가 한 값진 경험을 할 수 있을 것이다.

'나'라는 인생 퍼즐을
완성하다

내가 잘하는 게 한 가지 있다. 고통을 잘 견디고 참아낸다. 마음의 고통도 잘 견디고, 육체적인 고통도 잘 참아낸다. 큰아이들과는 다르게 막내는 제왕절개를 해야 했다. 수술 중 출혈이 많았기에 출산 이틀째엔 황달까지 왔다. 괜찮다며 참을 수 있다는 나의 말과 달리 수혈을 받게 되었고, 수혈 부작용이 왔지만 입을 '꾹' 다문 채 온몸을 부들부들 떨며 눈물만 흘렸다.

하루는 갑작스러운 허리 통증으로 서지도 앉지도 못했다. 조금만 쉬면 괜찮아질 거로 생각했고 3일을 침대에 누워 식사 때에만 기다시피하며 겨우 일어나 식구들 밥을 차려주었다. 옆에서 지켜보다 못한 남편이 병원에 데려갔다. 디스크가 터졌고 통증이 심했을 거라며 바로 수술을 해야 한다는 의사의 진단에 입원하고 당일 수술을 받았다. 나는 어찌 보면 미련하다 여겨질 만큼 감당하기 힘든 일들을 묵묵히 참아낸다.

어린 시절을 돌이켜 보면 나에게 주어진 선택권은 '포기'였다. 꿈꾸었던 많은 미래와 재능들은 현실에선 돈벌이가 되지 않는다며 거절당하여 포기하기 일쑤였고, 여자라서 하면 안 되는 일들이 앞을 가로막았으며 맏아들이라 든든한 오빠와 귀엽고 사랑스럽던 동생 사이에서 존재감을 느끼지 못했던 것 같다.

지금도 가끔 감당하기 힘들었던 순간들의 감정이 덮칠 때면 그 감정의 쓰나미 속에서 허우적거린다. 그래서일까? 자신을 돌아볼 줄도 욕구가 있는 사람이라는 것도 인지하지 못하고 나를 포기한 채 그냥 그렇게 '바쁜 세 아이의 엄마'로 살았다.

남편과 아이들을 위해 시간을 쏟아야 했기에 나의 발전을 위한 시도들은 좌절로 끝났고 결국에는 포기라는 그 녀석에게 돌아갔다. 그저 조용히 침묵하였고 담아두었으며, 다른 사람이 호출하면 그제야 울리며 반응하는 진동 대기 벨 같은 인생을 살아왔다.

나에게 너무나 당연하다 생각했던 존재감 없던 인생들⋯

당연하게 받아들였던 주인공 없는 텅 빈 삶⋯

낮은 자존감을 부정하듯 인정하고 살면서 나를 잡고 매달리며 늘어졌던 것은 배움의 짧음이나 고졸이 아니었다. 자신을 돌아보며 온전히 이해하고 사랑할 줄 모르는 틀에 갇혀 있던 '나'였다.

'부모교육코칭전문가' 자격증 과정 강의를 우연히 듣게 되었지만, 그 우연은 필연이 되어 아이들만 있던 삶에서 감춰져 있던 나를 찾을 수 있게 도와주었고 나를… 위로했다.

많이 아팠고, 많이 지쳤고, 많이 힘들었던 나를… 내가 위로했다.

항상 가슴 졸이며 숨을 참고 살아왔던 순간들에서 벗어나 나의 목소리를 내었다. 내 귀와 마음으로 당당한 목소리를 듣게 되었다. 어렵고 불가능하게만 여겨졌었던 일들이 나를 발전시켰다.

난 완벽한 사람이 되고 싶었으며 아이들을 위해 완벽한 엄마를 꿈꾸었지만, 그 꿈은 이뤄지지 않았다. 아니, 이룰 수가 없었다. 완벽한 것들엔 미세한 흠조차도 더 크게 잘 보인다는 걸 깨달았고 진심으로 내가 원하는 꿈이 아니라는 것을 알게 되었다.

어린 시절의 아픈 모습을 가슴에 담고 사는 것도 나이며, 아이들을 위해 발전하며 소통하고 싶은 모습도 나였다. 두려움에 싸여 자신을 드러내지 못하는 모습도 나인 것이다. 나의 여러 모습을 마주하며 부족한 모습들을 인정하고 받아들이며 자신을 다독였다. 그러자 진심으로 원했던 나의 욕구가 보였다. 내 안에 잠재되어 이루고 싶었던 꿈은 '완벽한 엄마'가 아닌 조금은 부족해도 '완벽하게 따뜻한 엄마'였던 것이다.

어릴 적에 엄마를 안으면 엄마의 옷에 밴 음식 냄새, 땀 냄새, 옷이 가지고 있는 특유의 냄새가 좋았다. 앞치마를 매고 우아하게(?) 요리할 형편이 아니었기에 엄마의 옷에서는 항상 음식 냄새가 났다. 장사를 하시던 엄마가 일하시며 흘리셨을 땀 냄새, 먼지 냄새, 오래 입어서 나는 낡은 옷 냄새. 그런 냄새들이 한데 어우러진 향긋하거나 화려하지 않은 그런 소박한 사람 냄새가 좋았다.

차갑게만 느껴지던 우리 엄마. 속으로 사랑을 주셨지만, 겉으로 표현할 줄 몰랐던 우리 엄마. 어린 시절엔 '오늘 너의 기분은 어때?', '어떤 하루를 보냈니?'라는 따뜻한 말 한마디가 그리웠고, 어른이 되어서는 '엄마가 너희들 마음을 몰라줘서 미안했어. 많이 외로웠지?'라며 마음을 어루만져 주는 위로를 받고 싶었나 보다. 내가 듣고 싶었던 말들이, 그 위로들이 우리 아이들에게 해주고 싶었던 말과 위로였다.

나 역시 나의 엄마처럼 차가운 모습 안에 따뜻함이 공존하는 사람이었음을 알게 되었고 본래의 내 모습을 발견하였다. 밖으로 에너지의 방향을 돌리고 살아갈 때 행복했으며 존재감과 자존감을 느꼈고, 사람들과 함께일 때 나만의 빛을 냈으며 더욱 힘이 난다는 것이었다. 부모님의 심부름을 제때 하지 않는다는 이유로, 다른 사람보다 조금 늦게 행동한다는 이유로 주변에선 게으르며 야무지지 못하다고 판단하였다. 나 역시 받아들이고 살았던 게으르다는 시선과 우유부단하다는 인식의 틀을 깨고 나오는 게 참으로 어려웠다. 나는 꼼꼼하며 섬세하고 신중하기에 느려 보일 수 있다. 하지만 하고 싶은 일들에는 적극적이며 열정과 최선을 다한다.

나는 화려하고 향기 좋은 꽃들보다 있는지 없는지조차 몰라

지나가는 사람들 눈에 띄지 않는 잡초가 좋다. 거칠고 투박해 보이며 잘라내고 뽑아내도 언제 그랬냐는 듯 그 자리에 존재한다. 잡초처럼 나만의 꾸준함으로 삶을 채우려 노력할 것이고, 세 아이들 각자 다름에 감사하며 그 자리에서 묵묵히 응원하고 지켜보면서 살고 싶다.

난 하나이지만 여러 모습을 내 안에 담고 있다. 앞으로도 여러 다른 모습들 중에 가장 좋아하는 모습으로 오늘을 맞이하며, 내일을 기다릴 것이다. 오늘도 난 내면의 성장을 위해 한 걸음 내딛고 있다. 그 발걸음 속엔 어느 순간부터 온전히 나와 세 아이의 인생을 바라보고 있다.

그리고 '내일의 나'로 가는 길

첫째 아이에게 서두르지 않고 조금씩 나를 보여주며 아이를 바라보고 있다. 얼마 전 둘째 아이를 마주 보며 말했다. "난 너희와 친구 같은 엄마가 되고 싶었어."

그 말을 들은 딸은 조금의 망설임도 없이 대답했다. "지금이 그렇잖아. 안 그래, 친구야?" 순간 난 웃음이 빵 터졌고, 딸아이와 서로를 쳐다보며 웃었다. 나에게 성찰을 가져다준 막내는 자신의 욕구와 감정을 솔직하게 표현할 줄 아는 자유로운 영혼이 되어가고 있다. 오랜 시간을 아이들과 소통하며 마음을 나누고 싶었지만 계속되는 실패로 힘들었다. 하지만 '부모교육코칭전문가' 자격증 과정을 통해 자기 자신을 온전히 바라보며 이해하였기 때문에 다른 사람도 이해하며 받아들일 수 있었다.

내일을 위해 오늘의 나를 사랑하며 받아들인다.

가족이라는 이름으로

얼마 전 둘째 아이를 마주 보며 말했다.

"난 너희와 친구 같은 엄마가 되고 싶었어."

그 말을 들은 딸은 조금의 망설임도 없이 대답했다.

"지금이 그렇잖아. 안 그래, 친구야?"

순간 난 웃음이 빵 터졌고, 딸아이와 서로를 쳐다보며 웃었다.

가정이야 말로 고달픈 인생의 안식처요,
모든 싸움이 자취를 감추고 사랑이 싹트는 곳이요,
큰 사람이 작아지고 작은 사람이 커지는 곳이다.

-H. G. 웰스

아이와 함께 성장하는 삶

나를 담은 이야기가 콘텐츠가 되다

초판인쇄   2022년 6월 24일
초판발행   2022년 6월 30일

지은이   이주연 외
발행인   조현수
펴낸곳   도서출판 프로방스
기획   조용재
마케팅   최관호 최문섭
편집   강상희
디자인   호기심고양이

주소   경기도 고양시 일산동구 백석2동 1301-2
　　　　넥스빌오피스텔 704호
전화   031-925-5366~7
팩스   031-925-5368
이메일   provence70@naver.com
등록번호   제2016-000126호
등록   2016년 06월 23일

정가 15,800원
ISBN 979-11-6480-217-3 03810